Angelika B. Klein

LEIDENSCHAFT

die dir

Leiden schafft

(Teil 1)

Zweiteilige Jugendromanze

AF140076

Weitere Titel von Angelika B. Klein:
Sehnsucht, die du sehnlichst suchst
Schuld, die dich schuldig macht
Im Schatten des Unrechts

Autorin

Angelika B. Klein wurde 1969 geboren und lebt mit ihrem Ehemann sowie den beiden Kindern in München. Sie schreibt spannende Liebesromane für Jugendliche und Erwachsene.

Alle Handlungen und Personen in diesem Roman sind frei erfunden. Sollten sich einzelne Namen oder Örtlichkeiten auf reale Personen beziehen, so sind diese rein zufällig.

www.facebook.com/AngelikaB.Klein

Für meine Tochter

Julie

Wenn die Liebe in deinem Herzen Einzug hält,
hast du keine Macht mehr über deine Gefühle.
Lass sie gewähren und halte still,
dann wirst du ein Wunder erleben.

Bibliografische Informationen der Deutschen Nationalbibliothek:

Die Deutsche Nationalbibliothek verzeichnet diese Publikationen in der Deutschen Nationalbibliografie, detaillierte bibliografische Daten sind im Internet über http://dnb.dnb.de abrufbar.

© 2013 Angelika B. Klein
Herstellung und Verlag
BoD – Books on Demand, Norderstedt
ISBN: 9783739204000

PROLOG

Sie weiß, was er vor hat und will es ebenso wie er. Er rückt ganz nah an sie heran, legt dabei seine Hand an ihre Wange. Er kommt noch näher und küsst sie zärtlich auf die Lippen. Sie greift mit einer Hand in seine Haare und mit der anderen auf seinen Rücken. Er drückt sie langsam auf das Sofa, während er sich vorsichtig auf sie legt. Ihre Küsse werden immer leidenschaftlicher und intensiver. Zwischendurch hört er auf sie zu küssen und schaut ihr einfach nur in die Augen. Sie zieht ihn jedoch ungeduldig wieder an sich, um erneut seine Lippen auf ihren zu spüren. Mit einer Hand stützt er sich auf, mit der anderen tastet er sich langsam zu ihrem Bauch vor. Er gleitet unter ihr T-Shirt und streichelt ihre nackte Haut. Sie hat das Gefühl von innen zu verbrennen. Stürmisch zieht sie sein Shirt nach oben, um anschließend über seinen durchtrainierten Rücken zu streicheln. Währenddessen schiebt er ihr T-Shirt höher und streift es ihr über den Kopf. Sie hilft ihm dabei, es vollständig auszuziehen. Kurz darauf befreit sie auch ihn von dem störenden Stoff und lächelt ihn an. Sein Mund wandert von ihren Lippen, über ihre Wange bis zum Hals. Ihr Atem wird immer schneller. Seine zärtlichen Finger wandern auf ihren Rücken und suchen den Verschluss ihres BHs.

Bevor er ihn öffnen kann, ertönt ein lauter Schrei, der die Liebenden auseinander reißt.

Kapitel 1

„Julie", höre ich meine Mutter aus der Küche rufen. Ich lege die Reiseliste, die ich gerade mit dem Inhalt meines Koffers überprüft habe, schnell zur Seite und laufe zur Tür.

„Komm endlich, das Essen ist fertig", ruft sie erneut.

„Ich komme schon", gebe ich zur Antwort und eile aus meinem Zimmer. Ich hüpfe die Treppe hinunter und schlittere in die Küche, wo meine Mutter gerade das Abendessen auf den Tisch stellt. Mein Vater sowie mein zwanzigjähriger Bruder sitzen bereits an ihren Plätzen und unterhalten sich über das heutige Bundesliga Spiel.

Fröhlich setze ich mich an den Tisch und fange an mir Nudeln mit Soße auf den Teller zu schaufeln.

„Bist du denn gar nicht aufgeregt wegen der Reise morgen?", fragt mein Vater.

Mit vollem Mund schüttle ich den Kopf und plappere drauf los: „Nein, ich freue mich auf London".

Bereits seit längerem habe ich vor, nach meinem Abitur, als Au-pair-Girl nach London zu gehen. Das

Ziel London stand schnell fest, da ich seit einem Jahr Fan der Boygroup „Dizzy Boys" bin. Und zwar so RICHTIGER Fan. Ich weiß alles über die Jungs, reiße mir jede Zeitschrift, in welcher was von DB steht unter den Nagel und verschlinge sie. Auch im Internet ist keine Veröffentlichung vor mir sicher. Zum Glück habe ich mein Abitur geschafft, denn das Lernen hat etwas unter meiner Hysterie gelitten. Es ist aber auch schwer, sich auf Parabeln, Formeln und „weltliche Ereignisse" zu konzentrieren, wenn man die ganze Zeit nur an diese Jungs, besonders an einen, denken kann. Der Vorteil ist, dass ich im letzten Jahr meine Englisch-Vokabeln aufbessern konnte, denn wenn man täglich die englischen Texte liest und Interviews hört, dann lernt man die Vokabeln dazu wie von selbst. Daher habe ich Englisch auch mit dreizehn Punkten, was einer Eins minus entspricht, abgeschlossen. Und jetzt endlich steht mein Auslandsaufenthalt für drei Monate nach London vor der Tür. Momentan hält sich meine Nervosität in Grenzen. Ich hatte aber auch schon Tage, da bin ich wie ein Hamster im Laufrad rotiert, weil die Vorfreude so groß war.

„Hast du schon alles gepackt, oder brauchst du noch Hilfe", reißt meine Mutter mich aus den Gedanken.

„Nein, ich denke ich habe alles dabei. Ich kann ja dort Wäsche waschen und wenn etwas fehlt, dann kaufe ich es mir einfach".

Mein Bruder schaut mich von der Seite an und zieht skeptisch die Augenbrauen hoch. „Ja klar, du wirst dort sicher reich und berühmt und kannst dir alles kaufen was du willst".

Als Antwort strecke ich ihm die Zunge raus und stochere weiter in meinen Nudeln herum.

Nach dem Essen laufe ich schnell in mein Zimmer, da ich meinen besten Freundinnen, Rose und Leo, versprochen habe, dass wir uns heute noch ein letztes Mal sehen, bevor ich morgen früh abfliege.

Ich schlüpfe in meine Ballerinas, schnappe mir die Jeansjacke, welche ich von meinen Eltern zum 18. Geburtstag bekommen habe und eile nach unten.

„Komm bitte nicht zu spät, wir müssen morgen früh raus!", sagt meine Mutter in freundlichem, aber bestimmten Ton. Ich antworte ihr mit einem beiläufigen „Ja, klar" und ziehe die Haustür hinter mir zu.

Kapitel 2

An unserem „Entenweiher" treffe ich meine Freundinnen Rose und Leonora. Zur Begrüßung umarmen wir uns und schauen uns anschließen traurig an.

„Jetzt sehen wir uns drei Monate lang nicht mehr, ich werde dich so vermissen", jammert Rose wehmütig.

„Ich bin doch nicht aus der Welt! Ich bin in London und wir können ja jeden Tag skypen, dann sehen wir uns auch. Und stellt euch nur vor … wenn ich so durch London spaziere … vielleicht sehe ich da einen Jungen aus der Band? Wer weiß, vielleicht läuft ja ER mir über den Weg?" Damit meine ich Lucas, einen der Bandmitglieder, da ich ihn am meisten mag. Er ist so cool und seine Augen… da könnte ich dahinschmelzen. Natürlich hat er eine Freundin, Isabel. Alle tollen Jungs haben schon eine Freundin, aber das ist mir egal, das Träumen kann mir keiner verbieten.

„Ja klar", erwidert Leo, „du weißt schon wie groß London ist und wie viele Menschen da herumlaufen? Da wirst du ausgerechnet einen aus der Band treffen." Leo ist die Vernünftigste von uns. Sie ist genau wie wir ein Dizzy-Girl, aber Rose und ich sind etwas fanatischer als Leo. Sie ist wahrscheinlich nicht so verknallt wie wir, sonst wäre sie nicht so negativ eingestellt.

„Es ist doch alles möglich, die Hoffnung stirbt zuletzt", äußere ich etwas beleidigt, „und außerdem ist es einfach toll in London zu sein, auch wenn ich die Jungs nicht sehe. Dort gibt es bestimmt viele Sachen von DB, die es hier nicht gibt".

Rose schaut mich neidisch an. Wahrscheinlich träumt sie davon, ihrem Miguel auch einmal so nah zu kommen. Rose und Leo fangen nach dem Abitur direkt mit dem Winterstudium an. Das wollen ihre Eltern so. Rose studiert Musikmanagement und Leonora, die eher die mathematisch Begabte von uns ist, studiert Mathematik auf Lehramt. Was ich mal studieren will weiß ich noch nicht, deshalb will ich erst einmal ins Ausland gehen, um zu sehen was mir das Leben so bietet. Eigentlich würde ich gerne Tänzerin werden, aber meine Eltern sagen, ich soll etwas „anständiges" studieren, womit man auch Geld verdienen kann. Dass ich seit fünf Jahren regelmäßig im Tanzstudio Hip-Hop tanze und dort, laut meines Tanzlehrers, eine der Besten bin, lassen sie nicht als Ausrede gelten.

Nachdem wir uns zwei Stunden lang über dieses und jenes unterhalten haben, verabschieden wir uns tränenreich, wobei wir uns versprechen, dass wir regelmäßig über Skype Kontakt halten werden. Plötzlich habe ich einen Kloß im Hals, weil ich traurig bin, von meinen einzig Vertrauten weg zu müssen.

Zu Hause werfe ich mich auf mein Bett und betrachte die Poster, welche keinen freien Flecken Wand mehr übrig lassen. Zuerst sehe ich Lucas. Mit seinen braunen, zotteligen Haaren sowie seinen blauen Augen schaut er mich direkt an. Mein Blick wandert weiter zu Miguel, dessen Eltern aus Spanien kommen. Dementsprechend hat er schwarze Haare und dunkelbraune, große Augen. Danach betrachte ich noch Eddie, den Bandleader mit seinem braunen Lockenkopf; Ryan, den Ältesten von allen, der schulterlange, dunkelblonde Haare trägt sowie Aaron, den blonden Schotten mit seinen ozeanblauen Augen.

Müde drehe ich mich auf die Seite und schließe meine Augen. Was erwartet mich wohl in London?

Kapitel 3

Am nächsten Morgen reißt mich der Wecker aus sehr verwirrten Träumen heraus. Ich saß im Flugzeug; die Stewardess war ein Mann, nämlich Aaron McCallum. Der Pilot stellte sich als Ryan Drake vor und der Co-Pilot hieß Eddie Evans. In London saß ich dann in einem Taxi, dessen Fahrer Miguel Santos war. Ja, und als wäre das nicht schon genug Aufregung, stand an einer Ampel, an der das Taxi kurz hielt, Lucas Sheffield und winkte mir zu. Alle Mitglieder der Band in einem Traum - wie passend.

Ich bin froh, diesen verrückten Phantasien entflohen zu sein und springe aus dem Bett. Nachdem ich mich im Bad schnell frisch gemacht habe, ziehe ich mich an. In weiser Voraussicht habe ich meine Kleidung bereits letzten Abend rausgesucht, andernfalls könnte ich mich vor Nervosität nicht entscheiden, was ich anziehen soll.

Ich eile in die Küche, wo meine Eltern schon auf mich warten. Sie sitzen am Tisch und trinken ihren Morgenkaffee. Meine Mutter hat mir mein Lieblingsmüsli vorbereitet, aber mein Magen schnürt sich gerade zusammen, so dass ich keinen Bissen hinunter bekomme. Ich freue mich auf das Abenteuer, habe aber plötzlich doch Angst vor der Reise sowie der Ankunft in der Familie. Was ist, wenn die Gasteltern mich nicht mögen oder unausstehlich sind? Was ist, wenn sie gemein zu mir sind und mich unfreundlich behandeln? Was ist, wenn ich mit den Kindern nicht zurechtkomme oder diese richtige Biester sind?

Mein Vater, der meine innere Unruhe spürt, berührt sanft meinen Arm. „Julie, du weißt, wenn du wieder nach Hause möchtest, kannst du jederzeit anrufen."

Dieses Angebot hat er mir die letzten Tage mehrmals gemacht. Das nimmt mir ein bisschen von meiner Angst, aber essen kann ich trotzdem nichts.

Um sieben Uhr machen wir uns auf den Weg zum Flughafen. Es ist bewölkt und regnerisch. Hoffentlich ist in London besseres Wetter! Nach einem sehr emotionalen Abschied von meinen Eltern checke ich am Schalter ein. Nachdem ich die Maschine bestiegen habe, suche ich meinen Sitzplatz 5A und stelle erleichtert fest, dass es sich um einen Fensterplatz handelt. Ich lehne mich zurück und beobachte die letzten Vorbereitungen des Bodenpersonals durch das Fenster. Kurz vor dem Start erinnere ich mich plötzlich wieder an meinen Traum. Ängstlich suche ich nach der Stewardess, kann sie aber nicht entdecken, da sie vermutlich bereits angeschnallt in ihrem Sitz auf den Start wartet. Einige Minuten später, nach Erreichen der Flughöhe, ertönt die etwas undeutliche Ansage des Piloten: „Ich begrüße sie auf dem Flug von München nach London. Mein Name ist Brian Blake und mein Co-Pilot heißt Freddie Stevens. Augenblicklich verkrampft sich mein Körper und ich bekomme Schweißausbrüche. Das kann doch nicht sein, oder habe ich mich verhört? Panisch suchen meine Augen nach der Stewardess oder dem Steward, um zu überprüfen, ob mein Traum Wirklichkeit wird. Der Vorhang der Bordküche geht auf und es erscheint eine hübsche, langhaarige blonde Frau in Uniform. Erleichtert sinke ich in meinen Sitz zurück. Ich will gerade ausatmen, als plötzlich hinter der Frau ein junger. hübscher Mann, ebenfalls in Uniform, zum Vorschein kommt. Reflexartig halte ich den Atem an. Ich sehe den Steward allerdings nur von hinten, da er rückwärts geht, während er einen Wagen mit sich zieht. Das kann doch nicht wahr sein! Der sieht echt aus wie Aaron … der Haarschnitt … die Haarfarbe! Mein Herzschlag beschleunigt sich, wobei mein Blick starr auf den Blondschopf gerichtet ist. Langsam dreht er sich um und…. ist eine Frau! Hübsch, mit kurzen blonden Haaren aber definitiv nicht Aaron. Ich bin am Ende. Was ist nur los mit mir? Wie komme ich auf so eine blöde Idee, dass mein Traum wahr werden könnte? Erleichtert setze ich die Kopfhörer meines

Ipods auf und höre mir die CD von den Dizzy Boys an. Das beruhigt mich, so dass ich sogar ein wenig eindöse.

Kapitel 4

Nach zwei Stunden Flug setzt die Maschine zur Landung an. Ich sehe von oben auf London herab und frage mich, wo ich wohl die nächsten drei Monate wohnen werde. Ich weiß von der Familie, in welche ich komme, nicht viel. Die Adresse habe ich über eine Agentur bekommen, welche Au-pair-Girls vermittelt. Nach ein paar gegenseitigen Emails haben sich die Gasteltern und ich entschieden, dass wir gut zusammen passen und es miteinander versuchen wollen. Die Familie hat zwei Töchter im Alter von sieben Jahren; Zwillinge, Amy und Violet. Die Mutter heißt Elizabeth, der Vater David. Das hat mich anfangs etwas irritiert, da ich als Fan natürlich weiß, dass Lucas auch zwei Schwestern hat, die so heißen. Da aber der Nachname der Familie nicht Sheffield sondern Morgan lautet, habe ich mir keine weiteren Gedanken darüber gemacht.

Nach der Landung in Heathrow hole ich meinen Koffer vom Band und begebe mich zum Ausgang. Ich habe mit dem Gastvater vereinbart, dass er hinter der Zollabfertigung auf mich wartet. Suchend schaue ich mich um, bis ich einen sympathischen Mann mittleren Alters entdecke, der ein Schild mit meinem Namen hoch hält. Schüchtern gehe ich auf ihn zu. „Hello, my name is Julie, are you David?" Herzlich begrüßt er mich und nimmt mir meinen Koffer ab. Schlagartig wird mir bewusst, dass ich ab jetzt, für die nächsten drei Monate nur noch englisch sprechen werde, aber das sollte noch das geringste Problem werden.

Während der Autofahrt unterhalten wir uns nur wenig. Anfangs bin ich bei fremden Leuten immer etwas schüchtern, allerdings ist David wohl auch nicht der Gesprächigste. Wir fahren aus der Stadt und kommen nach etwa einer Stunde in einen kleinen Ort namens Tunbridge Wells. Dort halten wir vor einem hübschen Haus mit Vorgarten. Das Wetter ist hier auch nicht besser als in Deutschland, aber wenigstens regnet es gerade nicht und es ist warm.

Wir steigen aus und gehen auf die schön verzierte Haustür zu. Plötzlich wird diese von innen aufgerissen. Zwei kleine Mädchen, die für mich völlig gleich aussehen, kommen auf mich zugerannt und begrüßen mich überschwenglich. Ihr blondes Haar wird von einer großen, roten Spange zusammengehalten. Ich folge den Mädchen, welche auf Anhieb mein Herz erobert haben, ins Haus. Dort strömt mir ein leckerer Geruch von frischem Kuchen entgegen. Elizabeth, die Gastmutter, strahlt mich aus der offenen Küche an. Auch sie ist mir sofort sympathisch, was bewirkt, dass ich mich umgehend nicht mehr so fremd fühle, wie ich es anfangs befürchtet habe. Unschlüssig bleibe ich im Wohnzimmer stehen, das direkt in die Küche übergeht.

„Herzlich Willkommen in unserem Haus, Julie", ruft mir Elizabeth strahlend entgegen und nimmt mich spontan in die Arme. Völlig überwältigt von dieser Freundlichkeit bringe ich lediglich ein schüchternes „Hi" heraus.

Von da an gibt es, bis zum Abend, keine ruhige Minute mehr. Elizabeth, die mich bat, sie Liz zu nennen, zeigt mir mein Zimmer, welches rosa Tapeten sowie einen großen, flauschigen Teppich hat. Es ist eigentlich Amys Reich, die es mir aber während meines Aufenthalts überlässt und währenddessen bei Violet im Zimmer schläft. Violets Zimmer dagegen ist in hellblau gehalten und das Schlafzimmer der Eltern erstrahlt in hellen Pastelltönen.

Anschließend zeigt Liz mir noch ein kleines, jedoch gemütliches Jugendzimmer, auf das sie aber nicht weiter eingeht, sondern nur erwähnt: „Das gehört meinem Sohn, der wohnt aber nur ab und zu hier." Die beiden Mädchen, Amy und Violet plappern unaufhaltsam auf mich ein, so dass ich recht schnell merke, dass mein Englisch doch nicht so gut ist, wie ich dachte. Nachdem ich ihnen ein paar Mal erklärte, sie sollen etwas langsamer sprechen, klappt es jedoch ganz gut.

Wir setzen uns ins Wohnzimmer und genießen den frischen Kuchen. Liz und David erzählen mir etwas über sich sowie den Tagesablauf der Familie. Jedes Wochenende habe ich frei und auch unter der Woche muss ich nur bis zum Abendessen auf die Mädchen aufpassen, anschließend habe ich Freizeit. Ich bekomme ein kleines Taschengeld und in der Nachbarschaft gibt es angeblich einige Mädchen in meinem Alter, mit denen ich mich anfreunden könnte.

So geht der erste Tag zu Ende. Ich falle hundemüde in mein Bett, um am nächsten Tag mit meinem Job, der noch viele Überraschungen für mich bereit hält, zu beginnen.

Kapitel 5

„Julie, Julie aufstehen!", höre ich eine Stimme in meinem Traum. Ich drehe mich um und spüre zwei, nein vier Hände, die mich am Rücken sowie an den Schultern schütteln. Irritiert öffne ich die Augen. Die Sonne scheint zum Fenster herein und taucht das Zimmer in ein angenehmes rosa Licht. Orientierungslos drehe mich um und entdecke die Zwillinge, die mich anlachen und mir zurufen, ich solle endlich aufstehen, ich hätte verschlafen. Wie von der Tarantel gestochen schrecke ich hoch und schaue auf meinen Wecker. Habe ich ihn nicht richtig gestellt? Ich wollte um sechs Uhr aufstehen, um die Mädchen rechtzeitig zu wecken und für die Schule fertig zu machen. Die Zeiger stehen auf 0.30 Uhr! Oh nein, und das am ersten Tag! Die Batterien sind leer, der Wecker ist stehen geblieben! Amy klärt mich auf, dass wir bereits in fünfzehn Minuten los müssten. Stress am Morgen bin ich zum Glück gewohnt, da ich auch zu Hause selten pünktlich aus dem Bett komme.

Ich schlüpfe in meine Jeans sowie mein T-Shirt, kämme meine widerspenstigen Haare kurz durch und putze mir notdürftig die Zähne. Dann hetze ich in die Küche hinunter, wo die beiden Mädchen, glücklicherweise fertig angezogen, schon auf mich und ihr Frühstück warten. Liz und David sind bereits aus dem Haus. Schnell stelle ich den Zwillingen ihr Müsli hin und nehme mir anschließend auch eine Portion. Nachdem wir aufgegessen haben verlassen wir fluchtartig um eine Minute nach Sieben das Haus. Zur Schule müssen wir zuerst mit dem Bus fahren und sodann ein Stück zu Fuß gehen, aber wir schaffen es rechtzeitig bis halb Acht. Auf dem Rückweg lasse ich mir Zeit und nehme mir vor, den Tag langsam angehen zu lassen.

Zu Hause greife ich nach dem Zettel, auf welchem Liz alle Aufgaben, die ich zu erledigen habe, notiert hat. Ich fange mit der Hausarbeit an, die mir erstaunlicherweise recht leicht von der Hand geht. Nachmittags um drei Uhr hole ich die Mädchen wieder von der Schule ab, um anschließend zu Hause mit ihnen die Hausaufgaben zu erledigen. Um sechs Uhr am Abend kommen Liz und David nach Hause und bereiten das Abendessen zu. Wir sitzen gerade alle zusammen am Tisch, als das Telefon klingelt. Liz eilt hinaus in den Flur, um das Gespräch anzunehmen. Einige Minuten später legt sie auf.

„Wer war das?", will David neugierig wissen.

„Das war Luk. Er kommt am Wochenende vorbei, bevor er nach Italien los muss".

Bevor ich meinem verwirrten Gesichtsausdruck eine Frage entlocken kann, klärt Liz mich auf: „Luk ist unser Sohn, er ist viel unterwegs. Aber am Wochenende kommt er, dann lernst du ihn kennen".

Die Mädchen springen von den Stühlen auf und freuen sich, als ob Weihnachten und Geburtstag gleichzeitig wäre. Verwundert beobachte ich sie und frage mich, wie man sich so auf seinen Bruder freuen kann. Bei meinem Bruder würde mir nicht im Traum einfallen, so einen Aufstand zu machen.

Die Woche verläuft ohne besondere Ereignisse und ich lerne die Familie immer besser kennen.

Dann kommt das erste Wochenende. Ich freue mich auf meine freie Zeit, in der ich mit dem Zug nach London fahren möchte, um mir die Stadt anzusehen. Doch es kommt ganz anders.

Kapitel 6

Am Samstag wache ich um neun Uhr auf, ziehe mich an und gehe zum Frühstücken nach unten. Die Familie sitzt bereits am Tisch und berät sich, was sie am Wochenende unternehmen wollen.

„Was hast du heute vor, Julie? Willst du nach London fahren?", fragt Liz mich.

„Ja, das habe ich eigentlich vor", antworte ich knapp.

David meint: „Wenn du bis zum Mittagessen wartest, dann lernst du noch Luk kennen, danach kann ich dich zum Bahnhof fahren, wenn du möchtest". Ich erkläre mich einverstanden und überlege, wie dieser Luk wohl aussehen mag. Ob er, wie die Mädchen, auch so blond und nett ist? Nach dem Frühstück ziehe ich mich in mein Zimmer zurück, um mit meinen Freundinnen aus Deutschland zu skypen. Ich habe so viel zu erzählen; über die Familie und meinen Tagesablauf hier. Von Luk erzähle ich nichts, das erscheint mir im Moment nicht wichtig, da ich ihn ja noch nicht einmal kenne.

Um kurz nach Zwölf höre ich auf einmal aufgeregtes Stimmengewirr aus dem Wohnzimmer. Die Mädchen lachen laut und alle scheinen sich riesig zu freuen. Gut, denke ich, dann ist jetzt wohl der Sohn angekommen. Ich öffnet meine Zimmertür und begebe mich in Richtung Treppe. Ich will gerade meinen Fuß auf die erste Stufe setzen, da bleibe ich wie angewurzelt stehen. Diese Stimme kenne ich! Mein Herz setzt einen Schlag aus. Das kann doch nicht sein! Ich habe seine Stimme x-mal im Internet gehört, die würde ich unter tausenden Stimmen herauskennen. Aber wie ist das möglich? Lucas – Luk – Amy – Violet – London, aber nicht Sheffield, sondern Morgan. Mir läuft das Blut aus dem Kopf und mein Kreislauf droht zu versagen. Ich traue mich keinen Schritt weiter zu gehen.

Plötzlich ruft Violet: „Julie, komm runter, Luk ist da!" Mist, jetzt muss ich wohl hinunter gehen. Also tief durchatmen und los; es kann sich nur um einen Irrtum handeln. Während ich die Treppe langsam Stufe für Stufe nach unten gehe, denke ich mir, dass solch ein Zufall eigentlich unmöglich ist. Auf den letzten Stufen angekommen drehe ich meinen Kopf nach links in Richtung Wohnzimmer. Da sehe ich ihn stehen, wie er mich anlächelt, etwas schüchtern, nicht so ganz schlüssig, wie er sich mir gegenüber verhalten soll. Vielleicht hat er Angst, dass ich gleich wie ein hysterischer Fan zu kreischen beginne oder in Ohnmacht falle. Es kostet mich unbändige Überwindung, genau das nicht zu tun. Stattdessen grinse ich verlegen, wobei ich doch tatsächlich die letzte Stufe übersehe. Ich stolpere, besser gesagt falle, richtiggehend nach vorne in seine Richtung. Spontan macht er einen Schritt auf mich zu und fängt mich auf, bevor ich mich völlig hinlege. Ich rapple mich in seinen Armen auf und blicke ihm in die Augen. Leider macht mein Blutkreislauf plötzlich genau das Gegenteil von vorhin - es schießt mir alles Blut in den Kopf, was ich auch merke, wodurch es aber nicht besser wird. Während er mich anschaut, herrscht eine Sekunde lang peinliches Schweigen.

„Das ist Luk, unser pookie bear", sagt Liz und zwinkert Lucas zu.

Dieser verdreht nur genervt die Augen: „Mom, lass das endlich mit dem pookie bear, das ist so peinlich!". Liz stellt mich Lucas vor: „Und das ist Julie aus Deutschland. Unser Au-pair-Girl für die nächsten drei Monate".

Lucas reicht mir die Hand. „Hallo", sagt er leise. Ich bin froh, dass ich noch keine Zeit hatte, so nervös zu werden, dass meine Hände nass werden. Ich bringe lediglich ein krächzendes „Hi" raus und wünsche mir, dass die Farbe endlich aus meinem Gesicht weicht.

Nach dem ersten Schock gehen wir alle ins Esszimmer und setzen uns an den Tisch. Die Mädchen plappern auf Lucas ein, während David vergeblich versucht, ein ungestörtes Gespräch mit ihm zu führen. Ich setze mich still auf meinen Stuhl und beobachte die Anwesenden. Kann das sein oder träume ich gerade wieder? Ich kneife mich, versteckt unter dem Tisch, in den Arm. Autsch! Nein das ist kein Traum!

Lucas erzählt von den letzten Konzerten und den Mengen an Fans, die überall auflauern, wo sich die Band befindet. Er erzählt auch, dass er in zwei Tagen von den Jungs abgeholt wird und sie dann nach Italien zu den nächsten Auftritten fliegen.

Liz merkt, dass ich Lucas erkenne. Entschuldigend setzte sie an: „Julie es tut mir leid, dass wir dir nicht von Anfang an gesagt haben, wer wir sind. Aber wir binden das nicht gerne jedem auf die Nase, bevor wir die Menschen richtig kennen. Lucas hat den Nachnamen seines Vaters und ich den meines neuen Ehemannes. Ich hoffe, du bist uns nicht böse?".

„Nein, schon gut", antworte ich schüchtern.

Lucas schaut ab und zu verstohlen zu mir rüber. Dabei grinst er mich so süß an, dass ich dahin schmelze. Sobald ich jedoch bemerke, dass es in meinem Gesicht wieder heiß wird, blicke ich schnell auf meinen Teller und versuche mich abzulenken, was jedoch nur schwer gelingt.

Nach dem Essen will David wissen: „Julie, soll ich dich jetzt zum Bahnhof fahren, oder willst du noch hier bleiben?"

Betont lässig antworte ich: „Ach, ich bleibe noch etwas hier im Garten. Es ist ja so schönes Wetter. Außerdem wollte ich noch mit den Mädchen spielen". Das war zwar nicht so ganz die Wahrheit, aber jetzt wegfahren? Bin ich verrückt?

Also gehe ich mit den beiden Schwestern in den Garten, während Lucas uns folgt.

Amy ruft: „Lasst uns Fußball spielen", wobei sie den Ball auch schon in der Hand hält. Ich kann es kaum glauben, dass ich mit Lucas Sheffield sowie seinen Schwestern Fußball spiele und bemühe mich, den Ball wenigstens gelegentlich zu treffen. Als die Zwillinge vom Ballspielen genug haben, ziehen sie sich in eine Ecke des Gartens zurück und lassen mich mit ihrem großen Bruder allein.

„Hast du heute noch was vor?", fragt Lucas neugierig.

Gelangweilt zucke ich mit den Schultern: „Weiß nicht, ich wollte eigentlich nach London fahren". Lucas schaut mir direkt in die Augen, so dass ich im nächsten Moment weiche Knie bekomme. Nach einer gefühlten Ewigkeit schlägt er vor: „Ich könnte dir die Gegend zeigen, wenn du Lust hast".

Ob ich Lust habe? „Ja gerne", antworte ich lässig und schaue schüchtern zu Boden.

„Gut dann machen wir uns fertig und fahren in einer halben Stunde los. Ist das o.k. für dich?"

„Klar", antworte ich mit schlagendem Herzen.

Wir gehen also zurück ins Haus und jeder in sein Zimmer. Was gibt mein Kleiderschrank jetzt alles her? Was soll ich anziehen? Eher aufreizend oder schlicht? Sportlich oder elegant? Die Zeit ist zu knapp, um lange zu überlegen. Ich greife nach meiner Lieblingsjeans sowie einer schlichten roten Bluse, da ich weiß, dass rot Lucas Lieblingsfarbe ist.

Kurze Zeit später treffen wir uns im Wohnzimmer. „Los geht's!", sagt Lucas und geht voraus zu seinem roten Mini.

Wir fahren in der Gegend herum und er zeigt mir verschiedene Sehenswürdigkeiten der Kleinstadt Tunbridge Wells sowie der Umgebung. Er erzählt, während ich zuhöre. Oft schaut er verstohlen zu mir rüber, ich schaue jedoch nur schüchtern weg. Der Tag vergeht viel zu schnell, als wir abends wieder zu Hause ankommen. Beim Abendessen erklären David und Liz bedauernd: „Luk, es tut uns leid. Wir wollten morgen den Tag eigentlich mit dir verbringen, aber wir müssen am Nachmittag dringend für ein paar Stunden geschäftlich weg. Die Mädchen gehen zu einer Freundin. Du könntest doch etwas mit Julie unternehmen, damit ihr euch besser kennen lernt." Mein Blick trifft Lucas, der mich in diesem Augenblick angrinst.

„Klar wir werden uns schon nicht langweilen", gibt er lächelnd von sich.

Nach dem Abendessen gehen wir zusammen nach oben. Vor meiner Tür wendet er sich an mich: „Hast du Lust morgen mit mir ins Kino zu gehen?"

Wahrheitsgemäß antworte ich: „Klar, habe ich Lust".

Anschließend sagen wir uns gute Nacht und jeder verschwindet in seinem Zimmer. Ich ziehe mich aus und lasse den Tag Revue passieren. Ich kann es gar nicht glauben, was heute alles passiert ist. Ich muss unbedingt noch mit Rose und Leo skypen, um es ihnen zu erzählen.

Anfangs sind die beiden skeptisch und glauben mir nicht, dass es wirklich Lucas ist, bei dem ich wohne. Da mich meine Freundinnen jedoch gut genug kennen, sind sie schnell überzeugt, dass ich die Wahrheit sage. Mit neidischem Unterton wünschen sie mir viel Spaß mit ihm.

Unruhig liege ich in meinem Bett, wälze mich von einer Seite auf die andere und schaffe es nicht, meine kreisenden Gedanken in Zaum zu halten. Warum hat Lucas mich so süß angegrinst? Mag er mich etwa? Gefalle ich ihm? Aber er hat doch eine Freundin! Von ihr hat er gar nichts erzählt. Ich muss ihn morgen unbedingt darauf ansprechen. Kino mit ihm! Ich kann es gar nicht fassen. Vor zwei Tagen hätte ich jeden für verrückt erklärt, der mir erzählt hätte, ich würde Lucas Sheffield treffen. Irgendwann schlafe ich übermüdet ein und träume Sachen, an die ich mich leider oder zum Glück am nächsten Tag nicht erinnern kann.

Kapitel 7

Heute ist der große Tag, an dem Lucas mit mir ins Kino fahren will. Gutgelaunt hüpfe ich aus dem Bett, tänzle ins Bad und mache mich aufwendig fertig. Ich kämme meine langen dunkelbraunen Haare kräftig durch, bis sie glänzen und schminke mich dezent. Schließlich ziehe ich meine Jeans sowie ein Top an und betrachte mich anschließend im Spiegel. Ich würde mich nicht als Schönheit bezeichnen, finde aber, dass ich hübsch aussehe. Mit meinem sportlichen Körper sowie meinen grünen, auffallenden Augen bin ich sehr zufrieden.

Beim Frühstück bin ich mit Liz und David alleine. Die Mädchen sind bereits bei ihrer Freundin, bei welcher sie den ganzen Tag bleiben. Lucas schläft noch.

Liz fragt mich: „Ist es in Ordnung für dich, dass Luk heute etwas mit dir unternimmt?".

„Natürlich", antworte ich. „Ich war gestern nur etwas überrascht, dass euer Sohn Lucas Sheffield ist."

„Verhalte dich ihm gegenüber ganz natürlich, er ist nur ein normaler Junge, auch wenn er berühmt ist. Hier zu Hause ist er einfach nur Luk."

„Ich versuche es", antworte ich unsicher. Während wir uns wieder unserem Frühstück widmen, besprechen wir den Haushaltsplan für die nächste Woche.

Einige Zeit später kommt auch Lucas aus seinem Bett gekrochen und zu uns nach unten. Nach dem Mittagessen brechen David und Liz auf zu ihrem Termin. Nach einer kurzen Verabschiedung fällt die Haustür hinter ihnen ins Schloss.

„Wenn du Lust hast, können wir vor dem Kino noch in London ein wenig spazieren gehen. Allerdings ziehe ich mir mein Kapuzenshirt und eine Sonnenbrille auf, sonst wären wir keine Minute ungestört", schlägt Lucas vor. Ich bestätige seinen Vorschlag mit einem kurzen Nicken. Plötzlich klingelt es an der Tür. Ängstlich schaue ich zu Lucas, wer das wohl sein kann.

Dieser geht jedoch ganz entspannt zur Tür, um sie zu öffnen. Und siehe da, wer steht wohl vor der Tür? Als wäre ich wieder in meinem Traum - Aaron. Aber diesmal wirklich.

„Whats up, Dude?", begrüßt Aaron Lucas mit einem Handschlag.

Irritiert schaut Lucas den Besucher an. „Was machst du denn hier?"

Als Aaron mich bemerkt, stockt er einen Moment. „Hey, wer ist denn das?".

Lächelnd stellt Lucas mich vor. „Das ist Julie, sie ist unser Au-pair-Girl aus Deutschland". Aaron grinst mich freundlich an und reicht mir zur Begrüßung seine Hand. Glücklicherweise habe ich heute meine Nervosität besser im Griff, so dass meine Gesichtsfarbe nicht mehr so schnell wechselt. Der erste Schock ist vorbei, was soll jetzt noch kommen?

„Hallo", lächle ich Aaron an. Im nächsten Moment schiebt sich Lucas zwischen uns.

„Störe ich?", will Aaron vorsichtig wissen.

Unsicher beobachte ich die Freunde, bis Lucas schließlich meint: „Nein, quatsch! Wir wollten gerade ins Kino gehen. Willst du mitkommen?"

„Ja, gerne. Ich wollte dich eigentlich fragen, ob du Lust auf eine Spritztour mit meinem neuen Wagen hast, aber Kino klingt auch gut. Allerdings müssen wir dann mit deinem Auto fahren, mein Porsche ist ein Zweisitzer."

Nachdem Lucas sein Kapuzenshirt angezogen und Aaron eine Kappe überreicht hat, gehen wir hinaus zu Lucas Auto, mit welchem wir in die Stadt fahren. Es ist etwas befremdlich für mich, dass die beiden sich vorher verkleiden mussten, um auf der Straße nicht sofort von Fans erkannt zu werden.

Am Kino angekommen geht Lucas an die Kasse und besorgt drei Karten für den Film *World War Z*. Anschließend gehen wir in den Kinosaal und setzen uns in die bequemen Sitze, welche sich glücklicherweise in der letzten Reihe befinden. Die beiden Jungs lassen mich zwischen sich sitzen. Bevor der Film beginnt unterhalten wir uns über ihre Konzerte sowie die neuen Musikvideos. Meine Schüchternheit verliert sich immer mehr, so dass ich schon kurze Zeit später spontan erzähle: „Ich tanze seit fünf Jahren regelmäßig im Studio. Mein Traum war immer, in einem Video mitzutanzen oder auf einer Bühne als Backround-Tänzerin."

Lachend sagt Aaron: „Das können wir sicher mal organisieren, dass du in einem unserer Videos mittanzen kannst". Ich merke, dass Aaron mich sehr intensiv anschaut, während er mit mir flirtet. Lucas dagegen hält sich etwas zurück. Er schaut mir zwar häufig sehr eindringlich und intensiv in die Augen, aber mehr Gefühle zeigt er nicht. Aaron dagegen ist sehr bemüht, mich gut zu unterhalten. Der Film beginnt und es wird dunkel.

Bei einer erschreckenden Szene nach ca. zwanzig Minuten greife ich reflexartig nach links nach Aarons Arm, um mich in ihm festzukrallen. Er reagiert sofort und nimmt meine Hand in seine. Er lässt sie den gesamten Film über nicht mehr los, was mich nicht wirklich stört. Allerdings hätte ich mir das doch eher von Lucas gewünscht. Der macht aber keine Anstalten, mich zu berühren.

Nach dem Film gehen wir noch ein Eis essen. Wir unterhalten uns über die einzelnen Szenen, dabei kommt es mir beinahe so vor, als würde ich die Jungs schon ewig kennen. Dass sie ein Teil der angesagten Boygroup DB sind, vergesse ich teilweise sogar ganz. Später setzen wir uns zu Hause noch zu Dritt in den Garten. Die Jungs scherzen, was mich immer wieder zum lachen bringt. Aarons Flirtversuche sind mittlerweile selbst für Lucas nicht mehr zu übersehen.

Liebevoll legt er seinen Arm um meine Schultern, während er mir ins Ohr flüstert: „Hast du Lust mit mir eine Spritztour mit dem Porsche zu machen?"

Lucas geht sofort dazwischen und reagiert etwas schroffer, als ich es erwartet hätte. „Ich glaube Julie und ich müssen jetzt langsam das Abendessen vorbereiten. Meine Eltern und die Zwillinge kommen bald nach Hause."

Aaron schaut Lucas abschätzend an. „Ja klar", sagt er verständnisvoll. Im nächsten Moment steht er auf, um sich zu verabschieden. Er nimmt mich in den Arm und drückt mich einen Augenblick länger, als es üblich wäre. „Bis bald, hoffentlich", flüstert er mir zu. Amüsiert lächle ich ihn an. Als ich Lucas Blick einfange, bilde ich mir ein, in seinen Augen aufblitzenden Zorn zu sehen. Ist er etwa eifersüchtig?

Nachdem Lucas Aaron zu seinem Auto gebracht hat, kommt er zurück und fragt mich, ob ich ihm bei den Vorbereitungen fürs Abendessen helfen will.

Kapitel 8

Während wir die Karotten schneiden, die Kartoffeln schälen und den Salat waschen, erzählt Lucas, dass er morgen wieder auf Tournee muss und zwar nach Italien. Allerdings nur für eine Woche, dann kommt er wieder ein Wochenende nach Hause. Ich traue mich kaum zu fragen, was mir auf der Seele liegt. Ich nehme meinen ganzen Mut zusammen. „Du hast doch eine Freundin, ist das richtig?"

Er schaut mich abschätzend an. „Ja, das stimmt. Aber das ist zur Zeit etwas schwierig". Ohne eine weitere Erklärung wendet er sich wieder den Kartoffeln zu. Na super! Die Aussage hat mir jetzt recht wenig gebracht. Aber ich muss mich vorerst wohl damit zufrieden geben.

Der Abend vergeht in trauter Gemeinsamkeit mit der ganzen Familie. Erst zu später Stunde gehen alle in ihre Zimmer.

Wieder liege ich in meinem Bett und kann nicht einschlafen. Ich bin hin und hergerissen von Lucas, aber auch von Aaron. Er war echt süß zu mir und wesentlich offener als Lucas. Bei ihm merke ich deutlich, dass er mich mag, was Lucas nicht wirklich zeigt. Um ein Uhr morgens, als es mir endlich reicht, wach im Bett zu liegen, stehe ich auf und gehe zu

Lucas Zimmer. Während ich noch überlege, ob ich wirklich klopfen soll, hebt sich meine Hand wie von alleine und hämmert leise gegen das dunkle Holz. Es dauert nur wenige Sekunden, bis die Tür aufschwingt. Vor mir steht ein zerstruppelter Lucas mit - oh mein Gott - nur einer Boxershort bekleidet. Mit nacktem Oberkörper steht er vor mir und schaut mich fragend an: „Was ist los Julie, ist was passiert?" Dabei mustert er mich von oben bis unten. Erst jetzt wird mir bewusst, dass ich, nur mit meinem ziemlich kurzen Schlafshirt bekleidet, vor ihm stehe. Jetzt ist es zu spät!

Unsicher stottere ich: „Äh, ich kann nicht schlafen und wollte dich etwas fragen."

Er schaut kurz an mir vorbei auf den Flur und geht anschließend einen Schritt zur Seite: „Willst du nicht erst mal reinkommen, bevor wir noch alle aufwecken?"

Mit zittrigen Knien schiebe ich mich an ihm vorbei in sein Zimmer, stets darauf bedacht, seinen nackten Oberkörper nicht zu berühren. Dabei bemerke ich, wie gut er riecht. In der Mitte des Raumes bleibe ich unschlüssig stehen. Lucas geht in die Ecke des Zimmers, um eine kleine Stehlampe anzuschalten. Auffordernd stellt er sich vor mich: „Also was wolltest du mich fragen?"

Ich schaue ihm zuerst in die Augen, anschließend wandert mein Blick langsam nach unten zu seinen muskulösen Oberarmen, seine Brust bis hin zu seinem Bauchnabel. Schlagartig spüre ich wieder die Hitze im Gesicht. Zum Glück ist es im Zimmer relativ dunkel, so dass ich hoffe, Lucas würde meine Röte nicht entdecken. Ich fasse all meinen Mut zusammen, schaue ihm ins Gesicht und stottere: „Glaubst du … äh hast du … äh glaubst du, du hast Lust, nächstes Wochenende wieder etwas mit mir zu unternehmen? Ich meine, willst du überhaupt noch etwas mit mir unternehmen?" Ich schüttle leicht den Kopf und senke beschämt meinen Blick. Irgendwie sind das nicht die richtigen Worte. Allein im Bett hatte ich die Fragen ganz klar vor mir und jetzt hören sie sich irgendwie bescheuert an. Lucas legt seinen Zeigefinger unter mein Kinn und hebt es langsam an, dabei schaut er mir tief in die Augen. „Ich würde sehr gerne wieder etwas mit dir unternehmen und ich freue mich auf nächstes Wochenende".

Mein Herz macht einen Sprung. Er mag mich also doch!

Leise sagt er: „Ich lasse dir meinen Mini da. Mit dem kannst du die ganze Woche fahren, wenn du möchtest, dann weißt du, dass ich am Wochenende auf jeden Fall kommen muss, um ihn zu holen." Seine freie Hand fasst auf meine Rücken, knapp über dem Po und zieht mich leicht an sich heran. Unsere Lippen sind nur noch wenige Zentimeter voneinander entfernt. Ich habe das Gefühl, ein Horde Ameisen bewegt sich in meinem Bauch. Ich spüre seinen Atem und schließe die Augen.

Plötzlich klopft es an der Tür. „Luk? Ist alles in Ordnung bei dir? Ich habe Stimmen gehört", hören wir Elizabeths leise Stimme. Enttäuscht stelle ich fest, dass Lucas mich wieder lockerer lässt, während er seiner Mutter antwortet: „Alles in Ordnung Mom, ich habe mit mir selbst geredet, schlaf weiter, gute Nacht." Wir stehen uns schweigend gegenüber und warten, bis Liz wieder in ihrem Zimmer ist.

Bedauernd flüstere ich ihm zu: „Ich geh jetzt besser wieder. Danke, dass du mir das Auto leihst."

Er beugt sich zu mir herunter und küsst mich auf die Stirn. „Wir sehen uns morgen früh noch, ich fahre erst gegen zehn Uhr". Enttäuscht drehe ich mich um und verlasse sein Zimmer.

Ich liege auf meinem Bett und kann jetzt erst recht nicht mehr schlafen. Was war denn das? Wollte er mich wirklich küssen? Was ist mit seiner Freundin? Jetzt bin ich noch verwirrter als vorher. Nach gefühlten weiteren zwei Stunden grübeln schlafe ich doch noch ein. Dabei träume ich verwirrte, aber schöne Sachen mit Lucas und mit Aaron, wobei ich mir im Traum nicht sicher bin, wen von den beiden ich will.

Kapitel 9

Montagmorgen stehe ich pünktlich auf, um Amy und Violet für die Schule fertig zu machen. Auch David und Liz sind noch da, weil sie sich von Lucas verabschieden wollen. Nach dem Frühstück schnappe ich mir den Autoschlüssel und gehe zur Haustür.

„Weiß Lucas, dass du das Auto nimmst? Der Mini ist sein Heiligtum, den leiht er normalerweise nicht her", erkundigt sich David überrascht.

„Klar, er hat gesagt, ich kann sein Auto die ganze Woche haben", erwidere ich ehrlich. Verdutzt geht David ins Wohnzimmer.

Ich steige mit den Zwillingen ins Auto und fahre los. Glücklicherweise kenne ich mittlerweile den Weg zur Schule auswendig, denn ich habe genug damit zu tun, mich auf den Linksverkehr zu konzentrieren. Auf dem Rückweg geht es dann schon etwas einfacher. Vor dem Haus bleibe ich noch einen Moment im Auto sitzen. Ich überlege, warum Lucas mir seinen Wagen leiht, wenn er ihn angeblich sonst niemandem überlässt. Nachdenklich schließe ich die Augen und atme dabei tief ein. Ich habe das Gefühl, ihn zu riechen. Glücksgefühle steigen in mir hoch. Schnell schüttle ich die in mir aufkommenden Gedanken an gestern Nacht ab und verlasse das Auto.

Im Wohnzimmer ist mittlerweile die Aufbruchsstimmung zu spüren. Lucas unterhält sich gerade mit seinen Eltern, während seine gepackte Tasche neben ihm steht. Er begrüßt mich lediglich mit einem beiläufigen Nicken, widmet sich anschließend wieder Liz und David. Nur wenige Minuten später klingelt es an der Tür. Da ich als Nächstes an der Haustür stehe, öffne ich sie, um im nächsten Moment einem strahlenden Aaron ins Gesicht zu blicken.

„Guten Morgen, gut geschlafen?", fragt er mich lächelnd.

„Ja danke, und du?", antworte ich gutgelaunt. Bei seinem Anblick durchströmt mich augenblicklich ein Glücksgefühl, welches mich fröhlich stimmt und grinsen lässt. Bei Aaron habe ich stets ein unbeschwertes Gefühl, nicht ein so beklemmendes, wie bei Lucas.

„Nach dem schönen Tag gestern, habe ich sehr gut geschlafen, danke", sagt er mit einem glücklichen Lächeln auf den Lippen. Er betritt das Wohnzimmer, um Liz und David zu begrüßen. Nach ein paar Wortwechseln machen sich Lucas und Aaron auf den Weg zur Tür.

Als Aaron an mir vorbei kommt, nimmt er mich in den Arm und flüstert mir ins Ohr: „Wir sehen uns nächstes Wochenende, hoffe ich doch?" Ich nicke lächelnd. Während er das Haus verlässt, tritt Lucas an mich heran. Einen kurzen Moment schaut er Aaron nach, überlegt anscheinend, ob er mich auch in den Arm nehmen soll. Freundschaftlich legt er seine Hand auf meine Schulter: „Also, bis nächstes Wochenende, und pass gut auf mein Auto auf!" Anschließend zwinkert er mir zu und schenkt mir sein verführerisches Grinsen.

„Bye", bringe ich mühsam hervor und lächle ihm nach. Die beiden steigen in Aarons Auto und fahren weg.

Kurz darauf gehen auch David und Liz zur Arbeit, so dass ich allein zu Hause bin. Wie soll ich die Woche nur ohne die beiden Jungs überstehen?

Kapitel 10

Die nächsten vier Tage funktioniere ich eigentlich nur automatisch. Ich bin mit den Gedanken nicht wirklich anwesend. Sobald ich mit den Mädchen im Auto sitze, denke ich an Lucas und Aaron - wenn ich das Essen koche schweifen meine Gedanken zu den Jungs ab - und während ich mit den Zwillingen spiele schaue ich verträumt in die Luft.

„Hey Julie, an was denkst du die ganze Zeit? Du konzentrierst dich gar nicht auf unser Spiel!", reißt Amy mich aus meiner Traumwelt. Schnell schenke ich ihr ein Lächeln, während ich mir blitzschnell eine Ausrede einfallen lasse: „Ach, ich überlege gerade, was ich noch einkaufen muss, damit ich euch morgen Mittag etwas tolles kochen kann". So geht es jeden Tag. Ich sitze oft einfach in Lucas Auto, um seinen Geruch einzuatmen. Oder ich schleiche mich in sein Zimmer und stelle mir vor, wie er und ich vor ein paar Tagen hier standen, bereit zum ersten Kuss.

Glücklicherweise ist die Woche schnell vorbei. Am Samstagmorgen bin ich bereits sehr früh wach, stehe auf, mache mich im Badezimmer fertig und sitze anschließend am Küchentisch, wie bestellt und nicht abgeholt. David und Liz fragen mich immer wieder, ob alles in Ordnung sei. Um die gähnend langsam verstreichende Zeit zu überbrücken, blättere in einer Zeitschrift, wobei ich mich sehr interessiert und konzentriert gebe, um meine Gasteltern von meinem auffälligen Verhalten abzulenken. Nach einer gefühlten Ewigkeit höre ich endlich ein Auto auf der Straße. Fast im selben Moment stürmen die Zwillinge die Treppe herunter. Plötzlich ist es mir unsagbar peinlich, dass ich seit Stunden hier sitze und auf Lucas warte. Hektisch springe ich auf, packe mir einen Putzlappen und fange an, die Tische sowie Regale vom nicht vorhandenen Schmutz zu befreien. Liz schaut mich etwas verwundert an, sagt aber zum Glück nichts.

Die Tür geht auf und Lucas betritt das Wohnzimmer. Endlich ist er wieder da!

„Hallo alle zusammen! Ich bin wieder da!", ruft er fröhlich und hebt dabei die lachenden Mädchen hoch, um sie mit ihnen im Kreis zu drehen. Wie gerne wäre ich jetzt eine von ihnen. Anschließend kommt er in die Küche. Er begrüßt Liz und nimmt sie kurz in den Arm. Danach kommt er zu mir. Lächelnd schaut er mich an. Es fällt mir schwer, meine Freude zu unterdrücken, deshalb platze ich heraus: „Hey, wie war es in Italien? Alles o.k.?"

„Ja, es waren aufregende Konzerte und die Fans waren wie immer sehr verrückt. Wie geht's meinem Auto?", will er leise wissen.

„Dem könnte es nicht besser gehen. Aber es hat dich vermisst", erwidere ich und grinse ihn keck an. Er versteht sofort, dass ich es zweideutig meine, was ihm ein amüsiertes Lächeln auf die Lippen zaubert.

Beim Mittagessen erzählt Lucas zuerst alle wichtigen Details der Reise sowie der Konzerte. Dann wendet er sich an mich: „Julie, du hast doch erzählt, dass du tanzen kannst und gerne bei einem professionellen Dreh mitwirken möchtest? Wir wollen morgen für ein neues Video proben ... wenn du Lust hast kannst du mitkommen."

Ich kann sein Angebot kaum fassen, grinse von einem Ohr zum anderen und freue mich riesig: „Super, das freut mich, klar komme ich mit". Am liebsten hätte ich gesagt: *Hauptsache ich kann mit dir zusammen sein.*

Am Nachmittag kommt Aaron, der mich fragt, ob ich Lust hätte, heute mit ihm die versprochene Spritztour zu unternehmen. Da Lucas neben mir steht, schaue ich ihn kurz an, um zu überprüfen, wie er auf Aarons Angebot reagiert. Ich nehme zwar ein kurzes Blitzen in seinen Augen wahr, mehr aber nicht. Will er nicht, dass ich mit Aaron fahre? Möchte er lieber etwas mit mir unternehmen?

Nachdem jedoch keine weitere Reaktion von Lucas kommt, antworte ich spontan: „Ja gerne Aaron, von mir aus können wir gleich los". Aaron freut sich sichtlich über meine Antwort. Lucas allerdings dreht sich ruckartig um und verlässt ohne ein weiteres Wort das Zimmer. Wie soll ich das jetzt wieder verstehen? Wenn er etwas dagegen hat, dass ich mit Aaron fahre, dann muss er eben etwas sagen!

Kapitel 11

Mit gemischten Gefühlen folge ich Aaron zu seinem Porsche 911 und steige ein.

„Wo fahren wir denn hin?", frage ich neugierig.

„Lass dich überraschen!", kommt seine kurze Antwort. Er gibt Gas, so dass es mich in den Sitz drückt. Er fährt schnell, aber sicher und wir erreichen nach ungefähr einer Stunde unser Ziel. Ich öffne die Beifahrertür, steige aus und bemerke erst jetzt, dass wir Richtung Küste gefahren sind. Der weite, dunkelblaue Ozean liegt vor uns. Mit einer Decke sowie einem Korb bewaffnet, macht sich Aaron auf den Weg zum Strand. Unfähig, mich zu bewegen, genieße ich den überwältigenden Anblick des Meeres.

„Kommst du oder willst du Wurzeln schlagen?", ruft Aaron mir zu. Erwartungsvoll laufe ich los, hole ihn schließlich nach wenigen Metern ein. Nachdem wir die Decke ausgebreitet haben, setzen wir uns in die Dünen. Aaron öffnet den Korb und holt eine Flasche Champagner, Weintrauben, Käse sowie Weißbrot heraus.

Verdutzt schaue ich ihn an: „Wann hast du denn das alles geplant? Und woher kennst du diesen wunderschönen Ort?"

„Mit diesem Strand verbinde ich ganz besondere Ereignisse. Hier komme ich nur mit Menschen her, die mir wichtig sind", antwortet Aaron, wobei er mich liebevoll anschaut. Ich fühle mich gerührt, was mir einen Moment lang die Sprache verschlägt.

Aaron öffnet die Flasche und schenkt uns zwei Gläser ein, die ebenfalls in dem Korb lagen. Wir essen die mitgebrachten Köstlichkeiten, während wir die Ruhe, den Wind und das Meer genießen.

Nach einiger Zeit stellt Aaron sein Glas zur Seite und dreht sich zu mir. Seine schönen hellblauen Augen werden plötzlich ernst: „Ich muss dir was sagen", fängt er vorsichtig an. Augenblicklich schrillen in mir die Alarmglocken. Was kommt jetzt? Noch bevor ich mein inneres Warnsystem beruhigen kann, klärt er mich auf.

„Ich habe in Italien gemerkt, dass ich ständig an dich denken muss und dass du mir ziemlich fehlst."

„Du hast mir auch gefehlt, ich bin gerne mit dir zusammen", gestehe ich ihm mit einem unguten Gefühl im Bauch. Langsam greift er mit seiner Hand an meinen Nacken und zieht mich zu sich heran. Ich ahne was jetzt kommt und lass es einfach geschehen. Sein Gesicht nähert sich dem meinen, während er seinen Kopf leicht zur Seite legt. Angespannt schließe ich die Augen. Im nächsten Moment spüre ich, wie seine Lippen auf meine treffen. Ganz behutsam und zart küsst er mich. Die Berührung dauert nur ein paar

Sekunden, aber mir ist sofort bewusst, dass irgendetwas dabei fehlt. Ich habe keine große Erfahrung mit Küssen, hatte in Deutschland gerade mal einen Freund, als ich zwölf Jahre alt war. Über Händchenhalten und kurze Küsse auf den Mund kamen wir nicht hinaus. Die Beziehung war schnell wieder zu Ende.

Trotzdem habe ich jetzt beim ersten Kuss etwas anderes erwartet, irgendein besonderes Gefühl, welches bei dieser Berührung ausgelöst wird. Aber da war nichts! Es war schön, ich mag Aaron sehr gerne, aber irgendwie fühlt es sich nicht richtig an.

Leise gesteht er: „Ich glaube, ich habe mich in dich verliebt".

Dieser Schlag sitzt! Das habe ich nicht erwartet! Was soll ich darauf antworten? Er hofft sichtlich auf eine Antwort von mir auf seine Liebeserklärung. Aber ich kann ihm nicht sagen, dass ich ihn auch liebe, weil es nicht stimmt! Erwartungsvoll blickt er mich an.

Während ich mich an ihn kuschle, erwidere ich leise: „Ich mag dich auch sehr gerne und ich bin gerne mit dir zusammen." Gemeinsam betrachten wir schweigend das Meer und die Wellen.

Als wir so dasitzen, schweifen meine Gedanken zu Lucas ab. Wie traurig er zuletzt aussah, und wie gerne ich mit ihm hier sitzen würde. Allerdings muss ich mir eingestehen, dass ich mich bei Aaron auch wohl fühle. Es war nicht gelogen, was ich ihm gestand.

Nach etwa zwei Stunden fängt es leicht an zu regnen. Schnell packen wir die Sachen zusammen und laufen zurück zum Auto. Während der Heimfahrt lächelt Aaron mich glücklich von der Seite an. Er hält vor der Haustür und schaltet den Motor aus. „Sehen wir uns morgen?", will er hoffnungsvoll wissen.

„Ich denke schon. Lucas hat erzählt, dass ihr für euer neues Video proben wollt und dass ich mitkommen kann", antworte ich aufgeregt. Nachdem wir uns noch einige Minuten über das Tanztraining unterhalten haben, beugt Aaron sich zum Abschied zu mir hinüber und küsst mich zärtlich auf die Lippen. Anschließend steige ich aus, schlage die Autotür zu und winke ihm nach, bis sein Wagen hinter der Ecke verschwindet. Mit einem Lächeln auf den Lippen drehe ich mich um, als ich plötzlich Lucas vor der Haustür stehen sehe. Mit einem eigenartigen Blick mustert er mich. Es ist eine Mischung aus Wut, Traurigkeit und Enttäuschung, die mir entgegenschlägt. In diesem Moment wird mir klar, dass er mich mit Aaron im Auto gesehen hat. Obwohl es mir fast das Herz zerreißt, gehe ich schweigend an ihm vorbei ins Haus.

Kapitel 12

Ich bin verwirrt und traurig, glücklich und verletzt, alles gleichzeitig. Warum musste Lucas uns im Auto beobachten? Hat Aaron ihn vielleicht vor der Tür erkannt und mich absichtlich vor ihm geküsst? Das möchte ich ihm gar nicht unterstellen. Ich muss unbedingt mit jemandem darüber reden, sonst drehe ich durch.

Ich hüpfe auf mein Bett und hole meinen Laptop aus der Tasche. Über Skype rufe ich Rose an. Ich habe Glück, sie ist online.

„Hey Julie, wie geht's dir?"

„Nicht so gut, ich muss dir unbedingt etwas erzählen."

„Hey warte, ich hole Leo auch an den Computer, sie ist gerade bei mir. Ist es in Ordnung wenn sie zuhört?"

„Klar, vielleicht könnt ihr mir einen Ratschlag geben, wie ich mich richtig verhalten soll."

Rose steht kurz auf und verschwindet seitlich aus dem Bildschirm. Dann höre ich, wie sie Leo ruft und ihr sagt, sie solle schnell kommen, weil ich über Skype drauf bin und mit ihnen reden muss.

Plötzlich sehe ich beide vor dem Bildschirm. Oh, wie ich sie vermisse, meine besten Freundinnen.

„Hallo Julie, was ist denn los? Rose sagt, dir geht es nicht gut?", fragt Leo besorgt, während sie sich das letzte Stück Kuchen in den Mund schiebt.

Augenblicklich kommen mir die Tränen. Vergeblich versuche ich sie zu unterdrücken, da das Gefühlschaos in mir momentan zu groß ist.

„Ich glaube ich habe mich verliebt", schluchze ich los. „Aber irgendwas läuft falsch. Ich liebe den einen und mag den anderen, aber knutsche mit dem Falschen rum. Versteht ihr was ich meine?"

Die beiden schauen zuerst sich verdutzt an, dann wieder mich und ziehen die Augenbrauen hoch: „Nein, eigentlich verstehen wir gerade nur Bahnhof. Kannst du uns das genauer erklären?"

Ich versuche also, den beiden die Situation seit heute früh zu erzählen, wobei ich die nächtliche Aktion, in Lucas Zimmer letztes Wochenende, auch kurz erwähne. Ich berichte von meinen Gefühlen zu Lucas und von dem Kuss mit Aaron.

Als ich fertig bin, schweigen sie beide einen Moment, bevor Rose sich als Erste meldet: „Julie, zu wem fühlst du dich eher hingezogen? Bei wem hast du Schmetterlinge im Bauch? Und bei wem kannst du ganz unbeschwert sein?"

Ich überlege kurz und komme schließlich zu einer nicht sehr hilfreichen Erkenntnis: „Zu beiden, bei Lucas und bei Aaron".

„Was? Wie jetzt?" ruft Leo verwirrt über den Bildschirm.

„Ich fühle mich zu beiden hingezogen, habe bei Lucas die Schmetterlinge im Bauch und kann bei Aaron ganz unbeschwert sein. Blöd oder?"

„Nicht blöd, aber sehr kompliziert", meint Rose. „Pass auf Julie, du musst dir klar werden, mit wem von beiden du zusammen sein willst. Wen liebst du wirklich?"

„Wenn das so einfach wäre, würde ich jetzt nicht hier sitzen und mich bei euch ausheulen, sondern bei demjenigen im Arm liegen", antworte ich gereizt. Mir ist mittlerweile bewusst, dass meine besten Freundinnen mir auch nicht helfen können.

„Morgen lerne ich die restliche Band kennen und mach bei den Tanzproben mit. Hoffentlich kann ich mich dann entscheiden", erzähle ich den beiden.

„Weißt du was Julie? Sobald wir uns mal ein paar Tage frei nehmen können, kommen wir zu dir nach London und dann heitern wir dich wieder auf. Vielleicht kann ich dann auch Miguel kennen lernen? Nur so nebenbei versteht sich", winkt Rose schnell ab und grinst dabei. „Ich sag dir Bescheid, wenn es soweit ist".

Wir unterhalten uns noch über verschiedene Leute in Deutschland und beenden nach einer halben Stunde das Gespräch. Auch wenn sie mir nicht weiterhelfen konnten, geht es mir trotzdem etwas besser. Ich freue mich jetzt schon, wenn sie mich besuchen kommen.

Ich ziehe mein Schlafshirt an, lege mich ins Bett und schlafe diesmal relativ schnell ein.

Kapitel 13

Am nächsten Morgen bin ich die Letzte, die in der Küche erscheint. Dass Lucas heute so früh aufgestanden ist, wundert mich. Während ich allen Anwesenden einen guten Morgen wünsche, setze ich mich an den Tisch. Ich nehme mir eine Scheibe Brot und bestreiche sie mit Marmelade. Als ich gerade genussvoll hineinbeißen will, klingelt es an der Haustür. Lucas springt sofort auf, gefolgt von den beiden Mädchen, um die Tür zu öffnen. Fröhlich springt Amy dem Besucher in die Arme, während dieser sich mit ihr im Kreis dreht. Aaron ist schon da? Verdammt! Warum hat mir keiner gesagt, dass die Proben schon so früh beginnen? Unschlüssig schaue ich zu Lucas, ob er überhaupt noch will, dass ich mitkomme.

Freundlich meint er: „Julie, iss ruhig noch fertig. Ich gehe mit Aaron inzwischen ins Auto, wir müssen etwas besprechen." Ich nicke und schaue den Beiden unruhig hinterher. Sie müssen etwas besprechen? Na ja, vielleicht hat es mit der Band zu tun. Ich widme mich also wieder meinem Brot und unterhalte mich mit Liz, die mich gerade fragt, was ich nächste Woche alles vorhabe.

Zur gleichen Zeit im Auto:

Aaron und Lucas steigen in den Porsche ein und ziehen die Türen hinter sich zu. Aaron schaut Lucas fragend an: „Was willst du denn mit mir besprechen? Hat das nicht Zeit bis später, wenn wir bei den anderen sind?"

„Aaron, was soll das? Warum tust du das?"

„Was tu ich denn?"

„Du flirtest mit Julie und spielst mit ihren Gefühlen."

„ICH spiele mit ihren Gefühlen? Verwechselst du da nicht etwas?", ruft Aaron ungläubig aus.

„Du bringst sie dazu, dass sie sich in dich verliebt und dann lässt du sie fallen. Du weißt genau, dass es für uns schwer ist, eine normale Beziehung zu führen".

„Ach, und was ist mit Isabel und dir? Das geht doch auch schon seit zwei Jahren."

„Das ist etwas anderes. Isabel ist kein normales Mädchen, sondern steht teilweise selbst in der Öffentlichkeit."

„Woher willst du eigentlich wissen, dass ich mit ihren Gefühlen spiele? Was ist, wenn ich sie wirklich liebe?"

„Und wenn schon, aber ihr gegenüber ist es nicht fair", wirft Lucas seinem Freund entgegen.

„Ich glaube eher, DU hast ein Problem damit, nicht sie. Ich bin seit gestern mehr oder weniger mit ihr zusammen, also vermies mir das bitte nicht! Und Julie kann schon selbst entscheiden, mit wem sie zusammen sein will."

„Das hoffe ich", flüstert Lucas zu sich selbst.

Aaron schlägt seinem Kumpel belustigt auf die Schulter. „Du hörst dich an, als wenn du eifersüchtig wärst. Komm schon, wir müssen los! Hol schnell Julie, ich parke schon mal aus."

Lucas steigt aus dem Auto und geht auf das Haus zu. In dem Moment kommt Julie aus der Tür. Verlegen grinst sie ihn an. „Ist alles o.k.? Können wir los? Ich bin soweit."

Sie steigen zu Aaron ins Auto und fahren los.

Kapitel 14

Wir fahren etwa eine halbe Stunde mit dem Auto, bis wir an einem alten Theater halten. Wir steigen aus und betreten durch eine rostige Hintertür das Gebäude. Leise Musik schallt uns entgegen. Durch eine weitere Tür kommen wir in die anliegende Halle. Dort befindet sich eine Bühne, davor mehrere Sitzreihen für die Zuschauer und an den Seiten hängen schmutzige, schwere Vorhänge. Auf der Bühne stehen Eddie und Ryan, davor bei einer Stereoanlage dreht Miguel konzentriert an den Knöpfen herum.

„Hey Jungs, wir sind da und haben auch gleich jemanden mitgebracht", ruft Lucas ihnen entgegen. Die drei schauen interessiert zu mir herüber und lächeln mich an.

„Das ist Julie. Sie ist zur Zeit Au-pair bei uns zu Hause und möchte einmal bei uns mittanzen", erklärt er kurz. Eddie und Ryan springen von der Bühne herunter und kommen mit Miguel auf mich zu. Letzterer reicht mir freundlich die Hand zur Begrüßung. Zum Glück wissen die Jungs nicht, dass ich selbst einer ihrer größten Fans bin und mir das Kreischen nur deshalb verkneifen kann, weil ich weiß, dass sie mich andernfalls ins nächste Flugzeug nach Deutschland setzen würden. Meine Gesichtsfarbe bleibt normal, was mich wundert, dafür sind meine Hände klitschnass. Ich wische sie mir ständig an meiner Jeans ab, allerdings bringt das nicht wirklich viel. Eddie und Ryan begrüße ich aus sicherem Abstand mit einem schüchternen Winken und hoffe, dass ich mir so das Händeschütteln erspare. Offensichtlich sind sie beiden auch nicht scharf auf Händeschütteln, das sie mir zulächeln und kurz die Hand zur Begrüßung heben.

Aaron stellt sich demonstrativ neben mich, dabei legt er seinen Arm um meine Schultern. Er will den anderen wohl gleich zeigen, dass er Besitzansprüche auf mich hat. Lächelnd sowie mit einem wissenden Blick gehen diese zurück zur Bühne.

Aaron bringt mich zu einem der Stühle. „Hier kannst du uns erst einmal zusehen, wie wir unsere Choreographie einstudieren. Später kannst du dann auch mittanzen".

Bevor er sich abwendet, beugt Aaron sich zu mir herunter und gibt mit einen flüchtigen Kuss auf den Mund. Das ist mir zwar etwas peinlich vor den anderen Jungs, aber der Moment ist so schnell vorbei, dass ich nicht weiter darüber nachdenke.

Eddie und Ryan haben bereits einige Schritte eingeprobt, die sie jetzt den anderen vorführen. Lucas, Miguel und Aaron springen auf die Bühne und tanzen die Schritte nach. Nach einigen Wiederholungen sind sie schon sehr synchron und ich kann die Schritte schon auswendig im Kopf mittanzen.

Nachdem sie mit der nächsten Schrittfolge fertig sind, ertönt hinter der Bühne auf einmal Applaus. Die Jungs drehen sich abrupt um, während ich neugierig zur Seite der Bühne schaue, an welcher gerade ein hübsches Mädchen mit langen, gelockten, braunen Haaren applaudierend auftaucht.

„Wow, Jungs, das war wieder mal unübertrefflich!", ruft das Mädchen begeistert aus, während sie zielgerichtet auf Lucas zusteuert. Die Jungs erwidern das Lachen und freuen sich offensichtlich über die Anwesenheit des Mädchens.

„Hallo Bel, auch schon da? Hast du es früher geschafft?", ruft Ryan ihr entgegen. Lucas geht Isabel entgegen, nimmt sie in seine Arme und küsst sie auf den Mund. Ein schmerzhafter Stich jagt mir ins Herz, obwohl ich sofort weiß: Das ist Isabel, Lucas Freundin.

Abwertend wandert Isabels Blick über Lucas Schulter zu mir. „Wen habt ihr denn da mitgebracht? Einen neuen Groupie?"

Aaron reagiert umgehend auf diese spitze Bemerkung und kommt zu mir herunter. Er nimmt mich an der Hand und zieht mich auf die Bühne. Mit leicht genervtem Unterton erklärt er: „Darf ich vorstellen, das ist Julie. Sie kommt aus Deutschland

… und nein, sie ist kein Groupie!" Dabei zieht er mich nahe an sich heran und legt seinen Arm um meine Taille. Lucas fühlt sich offenbar zum Gegenzug verpflichtet. „Das ist Isabel, meine Freundin." Wir stehen uns gegenüber, dabei schaut er mir unsicher in die Augen.

Die peinliche Situation wird von Eddie unterbrochen, der auffordernd in die Hände klatscht. „Los Jungs, noch einmal von vorne. Julie, Lucas hat uns erzählt, dass du tanzen kannst und im Video gerne mitmachen würdest?"

„Ja wenn ihr nichts dagegen habt."

„Kannst du die Schritte oder sollen wir sie dir noch einmal zeigen?"

„Ich glaube, ich kann sie, ich versuch es einfach."

„Gut, dann geht's los … Jungs … Madam", sagt Eddie, während er eine gespielte Verbeugung vor mir macht.

Aufgeregt positioniere ich mich hinter Eddie. Er steht in der Mitte der fünf Jungs, als die Musik beginnt. Isabel hat sich mittlerweile auf einen der Zuschauerstühle zurückgezogen, von wo aus sie uns beobachtet.

Mir fallen die Schrittfolgen relativ leicht und ich werde mit jeder Wiederholung sicherer. Es macht riesig Spaß auf der Bühne zu tanzen. Ziemlich am

Schluss des Liedes kommt eine komplizierte 360 Grad-Drehung, nach welcher mich Eddie in seinen Armen auffangen soll. Wir haben die Drehung bisher jedes Mal ausgelassen, jetzt wollen wir es jedoch mit dem finalen Schritt versuchen. Es geht los. Der Tanz beginnt. Alles klappt super, bis meine Drehung kommt. Ich bin mir sicher, ich bekomme sie hin. Ich nehme Schwung, drehe mich und … verliere das Gleichgewicht. Krachend und mit voller Wucht falle ich auf den Boden, wobei mein Kopf dem Schwung des Sturzes nicht standhalten kann und kräftig auf den Brettern aufschlägt. Benommen bleibe ich liegen, versuche den Schmerz sowie das Schwindelgefühl zu unterdrücken. Schockiert stehen alle um mich herum. Plötzlich ist Lucas über mir und hebt mich langsam hoch. Er fasst mir vorsichtig an den Kopf, wobei er mir behutsam über die Stirn streicht.

Ängstlich fragt er: „Julie, ist alles in Ordnung? Geht's dir gut?"

„Das hat aber ganz schön gekracht", meint Eddie bewundert.

Ich versichere den Anwesenden, dass es mir gut geht und rapple mich auf. „Gleich noch einmal, dann klappt es besser", sage ich bestimmend.

Die Jungs schauen mich ungläubig an: „Bist du sicher? Willst du dich nicht lieber ausruhen?"

„Nein, ich will es gleich noch einmal probieren", antworte ich energisch.

Als ich mich erneut hinter Eddie positioniere, schaue ich Isabel direkt in die Augen. Was ich sehe, lässt mich augenblicklich zusammenzucken. Sie versprüht Giftpfeile! Warum ist sie sauer auf mich? Hat es damit zu tun, dass Lucas sich um mich gesorgt hat? Mir bleibt keine Zeit, weiter über Isabels Gefühle nachzudenken, da das Lied beginnt. Konzentriert bringe ich die ersten Schritte hinter mich, bis die Stelle mit der Drehung kommt. Dieses Mal gelingt sie gut und ich lande, wie vorgesehen, in Eddies Armen.

Am Ende des Tanzes klatschen alle, außer Isabel.

Ryan will wissen: „Und Bel, wie hat es dir gefallen?"

Zweifelnd steht sie vor uns und blickt die Jungs an. „Ich weiß nicht ... wenn man sich die stolpernde Ente hinter euch weg denkt ... vielleicht sieht es dann gut aus ... aber sorry, Jungs, mit Julie im Background sieht es einfach nur plump aus. Sie ist einfach zu dick für eine Tänzerin." Mit diesen Worten dreht sie sich um und geht zur Stereoanlage, um dort etwas zu suchen.

Mir schießt augenblicklich die Röte ins Gesicht, ich glaube zu explodieren! Wie kann sie nur! Ich bin zu dick, plump und eine stolpernde Ente? Obwohl ich es zu verhindern versuche, schießen mir die Tränen in die Augen. Was keiner der Anwesenden weiß: Ich hatte als Kind Übergewicht. Ich fühlte mich dick, plump und watschelte tatsächlich wie eine Ente. Genau diese Worte habe ich damals oft von den anderen Kindern zu hören bekommen - das sitzt tief in mir.

Nachdem ich merke, dass ich meine Tränen nicht mehr zurückhalten kann, drehe ich auf dem Absatz um und flüchte hinter die Bühne. Dort laufe ich einen schmalen Gang entlang, bis ich eine Tür mit der Aufschrift „toilet" entdecke und stürme hinein. Ich lehne mich mit dem Rücken an die kalten Fließen und sinke langsam zu Boden. Mittlerweile lässt ein Weinkrampf mich unaufhaltsam schluchzen.

Zur gleichen Zeit auf der Bühne:

Nachdem Julie, für alle sichtbar, zu weinen beginnt und fluchtartig die Bühne verlässt, stürmt Aaron zu Isabel hinunter und schreit sie an:
„Spinnst du? Was war denn das?"
„Was denn? Ich habe nur die Wahrheit gesagt".
„Die Wahrheit? Bist du blind? Sie hat super getanzt. Warum veranstaltest du so ein Theater, Bel?"
Während Aaron und Isabel miteinander streiten, stehen die anderen auf der Bühne und überlegen, was sie von der Sache halten sollen. Lucas jedoch läuft umgehend hinter Julie her. Vorsichtig öffnet er die Tür zur Toilette.

Ich vergrabe meinen Kopf zwischen meinen Knien, schlinge meine Arme um meine Beine und lasse den Tränen freien Lauf. In meiner Verzweiflung versunken, habe ich die Tür nicht gehört. Plötzlich ziehen mich zwei kräftige Hände langsam nach oben. Als ich meine Augen öffne, erkenne ich Lucas, der mich besorgt ansieht. Da ich nicht aufhören kann zu weinen, lehne ich mich an seine Brust. Beschützend legt er seine Arme um mich und streichelt sanft über meinen Kopf.

Nachdem ich mich ein wenig beruhigt habe, nimmt er mein Gesicht in beide Hände und schiebt mich ein Stück von sich, so dass er mir in die Augen sehen kann. Zärtlich streicht er mir die Haare von den Wangen und wischt mit seinen Daumen die Tränen weg.

„Warum tut sie sowas? Warum ist sie so gemein zu mir? Was habe ich ihr denn getan?", frage ich schluchzend.

Traurig schaut er mich an, wobei er leicht den Kopf schüttelt. „Ich weiß es nicht", flüstert er und schaut mir dabei tief in die Augen. Dieses Blau, es ist so intensiv… ich habe das Gefühl ich müsste gleich abheben … oder umkippen … oder ein anderes Extrem. Ich spüre wieder diese verdammten Ameisen in meinem Bauch, wie an jenem Abend in seinem Zimmer. Wie in Zeitlupe beugt er sich zu mir hinunter, kommt dabei mit seinen Lippen immer näher. Erneut schließe ich die Augen und dieses Mal schafft er es mich zu küssen. Zärtlich treffen seine weichen Lippen auf meine. Es ist nur ein kurzer Kuss und doch schmeckt er so gut. Er löst sich von meinen Lippen und schaut mir direkt in meine Seele. Ich sehe die Sehnsucht in seinem Blick und plötzlich kribbelt es nicht nur im Bauch sondern überall. Ich möchte mehr von ihm schmecken und die Welt um uns herum vergessen. Er küsst mich erneut, aber dieses Mal nicht mehr so zaghaft, sondern fordernd. Dabei drückt er mich mit seinem Körper fest an die Wand.

Gerade als mein Mund sich leicht öffnet, um seine Zunge zu spüren, höre ich vor der Tür Aarons Stimme: „Julie? Bist du da drin? Ich komme rein". Reflexartig stoße ich Lucas von mir und drehe mich mit dem Gesicht zur Wand, damit mein Gesichtsausdruck mich nicht sofort verrät. Schon steht Aaron in der Tür. Er sieht zuerst Lucas und anschließend mich an. Entweder hat er tatsächlich nichts gemerkt, oder er lässt es sich nur nicht ansehen. Jedenfalls kommt er zu mir und nimmt mich tröstend in die Arme. Er redet leise auf mich ein und versucht mich aufzumuntern. Während dessen verlässt Lucas schweigend den Raum und kehrt zurück auf die Bühne.

Einen Moment später löse ich mich von Aaron und gehe an das Waschbecken, um mir die Tränen weg zu waschen.

„Ich habe mit Isabel gesprochen", sagt Aaron vorsichtig. „Sie hat es nicht so gemeint, sie wollte dich nur testen, sagt sie".

„Mich testen? Super! Auf so etwas kann ich verzichten. Ich tanze nicht mehr mit."

„Das wäre aber schade", meint Aaron bedauernd. „Du bist nämlich echt gut und in unser Video würdest du sehr gut passen". Er grinst mich schelmisch an, was mich umgehend wieder zum Lachen bringt. Er schafft es offensichtlich immer mich aufzumuntern - ein wahrer Freund eben.

Gemeinsam gehen wir zurück auf die Bühne. Aus den Augenwinkeln sehe ich gerade noch, wie Lucas mit Isabel zur Tür hinaus verschwindet. Wir proben an diesem Tag noch weitere vier Stunden, Lucas kommt nicht mehr zurück.

Kapitel 15

Der Probentag war schließlich noch ein voller Erfolg. Wir haben drei Tänze einstudiert, bei welchen ich zum Teil schwierige Figuren tanzen musste.

Nachdem Aaron und ich uns von den anderen verabschiedet haben, gehen wir zu seinem Auto.

„Willst du gleich heim oder hast du Lust, noch etwas trinken zu gehen?", will er gutgelaunt wissen. Die Entscheidung fällt mir leicht. Da ich befürchte, zu Hause auf Lucas und Isabel zu treffen, ziehe ich es vor, noch einige Zeit mit Aaron zu verbringen.

„Ich denke, ein kleines Getränk würde ich schon noch schaffen", beantworte ich seine Frage. Während der kurzen Fahrt schweifen meine Gedanken ab. Zu Lucas, dessen Verhalten ich einfach nicht einschätzen kann.

Einige Zeit später sitzen wir in einem gemütlichen Lokal, Aaron mit einem giftgrünen, ich mit einem blutroten Cocktail vor unserer Nase. Mir fällt auf, dass Aaron seit der Abfahrt vom Theater ungewöhnlich ruhig ist. Seine verschlossene Art lässt mich vermuten, dass er mich etwas fragen will, aber nicht weiß, welche Worte er benutzen soll.

„Was ist los Aaron, du bist so still?", frage ich ihn direkt.

Er schaut mir ernst und lange in die Augen, bevor er sich überwindet, seine Frage zu stellen. „Was war mit dir und Lucas auf der Toilette?"

„Was soll da gewesen sein? Er hat sich nur um mich gekümmert."

„Sicher?"

„Ja! Was soll denn sonst gewesen sein? Mir ging es nicht so gut, wegen Isabel."

„Ich weiß, aber ich hatte das Gefühl, dass da eine Spannung zwischen euch lag." Er legt eine kurze Pause ein, bevor er fragt: „ Magst du Lucas eigentlich gerne?"

Alarmiert blicke ich auf. Worauf will er mit seinen Fragen hinaus? Welche Antwort ist darauf die richtige?

„Ja klar mag ich ihn, ich finde alle Bandmitglieder sehr nett", versuche ich gleichgültig zu erklären.

„Magst du ihn mehr als mich?"

Jetzt schrillen die Alarmglocken in mir. Was weiß er, was vermutet er? Was soll ich ihm antworten?

„Wie meinst du das, mehr als dich? Ich mag ihn … anders als dich".

„Aha", kommt als einzige Antwort von Aaron, dann wechselt er das Thema.

Er bringt mich gegen 20.00 Uhr nach Hause und verabschiedet sich im Auto mit einem kurzen Kuss von mir.

„Wir müssen morgen wieder für eine Woche auf Tournee. Wir kommen erst nächsten Samstag zurück", sagt er und erwartet offensichtlich eine Antwort von mir.

„Ja ich weiß", flüstere ich. So wie Aaron mich gerade ansieht, tut er mir echt leid. Er ist so traurig, dass er weg muss.

Ich lächle ihn an, beuge mich zu ihm und küsse ihn leicht auf die Lippen. „Dann bis nächste Woche, ich werde dich vermissen", sage ich, bevor ich aussteige. Und das ist nicht gelogen. Ich möchte ihn als guten Freund wirklich nicht verlieren.

Kapitel 16

Als ich das Wohnzimmer betrete, bemerke ich Liz und David, die vor dem Fernseher sitzen. Die Mädchen liegen bereits im Bett, da morgen wieder Schule ist. Ich begrüße die beiden kurz und will schon die Treppe hinauflaufen, als Liz mich ruft. „Julie, hast du noch einen Moment Zeit? Ich möchte kurz mit dir reden." Oh je! Habe ich etwas angestellt? Was kommt denn jetzt?

Nachdenklich setze ich mich ihr gegenüber auf einen Sessel. Sie schaltet den Fernseher aus und schaut David an. Der begreift sofort, dass Liz mit mir alleine reden möchte und sagt: „Mir fällt ein, ich muss noch etwas für morgen vorbereiten". Er verabschiedet sich freundlich von uns, bevor er die Treppe hinauf ins Schlafzimmer geht.

Liz schaut mich ernst an. „Julie, ich möchte mich in nichts einmischen, was mich nichts angeht, aber ich habe bemerkt, dass zwischen dir und Lucas bestimmte … wie soll ich sagen … Schwingungen herrschen. Und die sind mal gut und mal nicht so gut. Heute waren sie wohl eher schlecht. Lucas ist ziemlich mies gelaunt erschienen und sofort in seinem Zimmer verschwunden. Seitdem habe ich ihn nicht mehr gesehen."

Puh! Was soll ich ihr denn erzählen? Alles oder Nichts? Ich entscheide mich für Letzteres. „Wir verstehen uns doch gut, ich weiß nicht was du meinst, Liz."

Sie betrachtet mich eingehend, zuckt anschließend mit den Schultern. „Ich habe gesehen wie Lucas dich ansieht und auch, wie du ihn anschaust. Tu dir selbst einen Gefallen und verliebe dich nicht in ihn. Hier zu Hause ist er ein ganz normaler Junge, aber draußen, da herrschen andere Gesetze. Dort ist er ein Popstar! Es ist ein Wunder, dass hier noch keine Paparazzi aufgetaucht sind. Sobald Lucas aus dem Haus geht, ist er eigentlich nie unbeobachtet. Er kann keine normale Beziehung führen, weil er fast nie daheim ist. Jetzt gerade hat er nur Kurzkonzerte, das heißt die Auftritte sind unter der Woche und am Wochenende kommt er nach Hause. Aber es gibt Zeiten, da ist er ganze zwei Monate am Stück unterwegs, umgarnt von Fans, die meisten weiblich. Oder er hat einen Fernsehauftritt nach dem anderen. Dass er mit Isabel schon seit zwei Jahren zusammen ist, kann er dem Umstand verdanken, dass sie zeitweise selbst in der Öffentlichkeit steht. Sie ist Model und auch viel unterwegs. Sie besucht ihn zwischendurch bei seinen Konzerten, damit sie sich sehen können. Aber auch in deren Beziehung ist es nicht immer einfach."

Mittlerweile hat sie meine Hände in die ihren genommen, während sie ruhig und freundlich erzählt. Mir kommen fast die Tränen, es hört sich so aussichtslos an. Ich schaue ihr in die Augen und überlege, was ich jetzt erwidern soll. Mir fällt nichts Besseres ein als: „Danke für die offenen Worte, ich lasse mir das noch einmal durch den Kopf gehen". Sie ist seine Mutter, sie merkt sofort, wenn er sich anders verhält. Ich wünsche ihr eine gute Nacht und begebe mich in mein Zimmer.

Ich werfe mich auf mein Bett und höre Musik von DB mit Kopfhörern und zwar schön laut. Als das Lied *Autumn in April* läuft, kann ich mich nicht mehr halten. Ich schließe meine Augen und singe lauthals mit, während ich mit meinen Füßen im Takt auf und ab wippe. Plötzlich spüre ich eine Berührung an meinem Knie. Schreiend schrecke ich hoch. Ich öffne die Augen und reiße mir die Kopfhörer von den Ohren. Als ich Lucas erkenne, der besänftigend seinen Finger vor die Lippen hält, macht mein Herz einen zusätzlichen Sprung im inneren meiner Brust.

„Psst, ich bin es nur! Sorry dass ich dich erschreckt habe. Ich habe geklopft, bevor ich rein kam, aber du hast mich offensichtlich nicht gehört", setzt er entschuldigend an. Langsam setze in mich auf, um den Schreck zu verdauen. Die Musik dringt laut aus den Kopfhörern.

„Schon gut, ich hatte die Musik wohl etwas zu laut!", gebe ich verlegen zu. Ich spüre, dass ihm die Situation auch unangenehm ist, daher biete ich ihm spontan an, sich neben mich zu setzen.

Unsicher rutscht er neben mich auf die Matratze und fängt an zu reden: „Ich wollte mit dir wegen heute Nachmittag reden. Was da in der Toilette passiert ist, meine ich."

Mein unbeeinflussbarer Instinkt sagt mir, dass jetzt nichts Gutes kommt. Betreten schaut er auf seine Hände, als ob er nicht weiß, wie er weiterreden soll.

„Und was willst du mir jetzt damit sagen?", fordere ich ihn auf. „Dass es ein Fehler war, uns zu küssen?"

„Ich habe mit Aaron gesprochen", übergeht Lucas meine Frage. „Er ist wirklich verliebt in dich. Ich möchte da nichts kaputt machen. Außerdem bin ich mit Isabel zusammen und sie hat mir heute einen ziemlichen Aufstand gemacht, nach der Aktion auf der Bühne."

„Warum? Sie hat sich blöd benommen, nicht du!"

„Ich weiß. Sie hat gesagt, es tue ihr leid. Sie war eifersüchtig, weil ich mich wohl mehr um dich gekümmert habe als um sie."

„Und das reicht schon aus, um sich *so* zu benehmen? Schwache Ausrede!"

Er merkt, dass ich nicht gut auf Isabel zu sprechen bin und wechselt das Thema. „Ich wollte dir eigentlich sagen, dass das nicht mehr vorkommen darf. Wir sind beide vergeben."

„Was? An wen bin ich denn vergeben?"

„Aaron sagte, dass ihr zusammen seid."

„Ach ja? Nur weil Aaron das sagt, stimmt es noch lange nicht!"

„Warum reagierst du eigentlich so sauer? Du küsst ihn doch ständig und hältst Händchen mit ihm."

„Ach, was du alles bemerkst!", zicke ich ihn an. „Willst du jetzt mir die Schuld geben, dass wir uns auf der Toilette geküsst haben? Wenn ich dich erinnern darf, du warst daran auch beteiligt!"

„Ich weiß, und es wird nicht mehr vorkommen. Eine Beziehung mit einem Popstar ist nicht einfach, weißt du."

„Ja, kann ich mir vorstellen, deine Mutter hat mich heute ausführlich aufgeklärt."

„Na, dann weißt du ja alles, was du wissen musst. Dann lassen wir es darauf beruhen, o.k.?"

Ich schaue ihm in die Augen und erkenne, dass seine Entscheidung ihn traurig stimmt. Welche Vernunft auch immer ihn hier lenkt - wenn er nicht will, kann ich nichts machen.

Lucas steht auf und wünscht mir eine gute Nacht. Anschließend verlässt er ohne ein weiteres Wort und ohne sich noch einmal umzudrehen mein Zimmer.

Nachdem die Tür ins Schloss gefallen ist, werfe ich mich schluchzend auf mein Bett und vergrabe mein Gesicht in meinem Kissen. Während die salzige Flüssigkeit über meine Wangen rinnt, wundere ich mich, dass ich überhaupt noch Tränen habe. Soviel wie heute, habe ich das ganze letzte Jahr nicht geweint.

Kapitel 17

Am nächsten Morgen stehe ich pünktlich auf und wecke die Mädchen für die Schule. Die Küche ist verlassen, da Liz und David bereits zur Arbeit gefahren sind. Auch Lucas ist schon weg, da eine Nachricht von ihm auf dem Küchentisch liegt.

Kümmere dich bitte noch einmal
um meinen Mini.
Bis zum nächsten Wochenende!
Ich freue mich darauf
Lucas.

Schnell stecke ich den Zettel in meine Hosentasche, als ich Violet höre, die die Treppe herunter gerannt kommt und in die Küche schlittert. „Erster!", ruft sie, während sie sich zu Amy umdreht, die in einen Moment später zur Tür hereingestürmt kommt.

„Das ist unfair! Du hattest einen Vorsprung!", ruft Amy beleidigt und setzt sich auf ihren Stuhl.

Nach dem Frühstück fahre ich die Schwestern zur Schule und erledige auf dem Rückweg noch einige Einkäufe für den Haushalt.

Nachdem ich mich der Hausarbeit angenommen habe, sitze ich in meinem Zimmer und hole den Laptop heraus. Plötzlich habe ich ein starkes Bedürfnis, mich mit einer Freundin zu unterhalten. Ich wähle Roses Adresse auf Skype und freue mich, dass sie zu Hause ist und auch gleich dran geht.

„Hallo Julie! Das ging ja schnell, dass du wieder anrufst. Wie war das Wochenende noch?"

„Kompliziert, wie immer", antworte ich.

„Hör zu: Ich habe mit meiner Chefin gesprochen, ich kann nächstes Wochenende Urlaub nehmen. Ich komme von Freitag bis Montag. Das ist doch was, oder? Leo kann leider nicht mitkommen, sie bekommt keinen Urlaub."

„Oh Rose! Ich freu mich so auf dich! Endlich habe ich dann jemanden, mit dem ich über alles reden kann. Dann lernst du auch die Jungs kennen. Weißt du schon wann dein Flug geht?"

„Nein, aber ich sag dir früh genug Bescheid. Sorry Julie, aber du hast mich gerade noch erwischt, bevor ich los muss. Meine Schicht in der Kneipe fängt gleich an. Also bis Freitag, ich freu mich!"

„Ich freu mich auch", sage ich noch und schon ist der Bildschirm schwarz. Rose kommt! Hoffentlich wird das Chaos dann nicht noch größer. Rose ist Spezialistin darin, alles durcheinander zu bringen.

Am Abend, als Liz und David nach Hause kommen, erzähle ich ihnen sofort, dass meine Freundin aus Deutschland für vier Tage nach London kommt und mich besuchen möchte. Sie freuen sich mit mir und bieten umgehend an, dass Rose auch hier wohnen könne, wenn es uns nichts ausmache zusammen in meinem Zimmer zu übernachten. Ich strahle über das ganze Gesicht und bin froh in eine so nette Familie gekommen zu sein.

Die nächsten drei Tage vergehen wie im Flug, der Freitag rückt immer näher.

Mittlerweile hat Rose mir die Ankunftszeit sowie die Flugnummer mitgeteilt. Im Gegenzug habe ich ihr freudestrahlend erzählt, dass sie bei mir wohnen kann.

Am Freitagmorgen fahre ich die Mädchen in die Schule und erledige anschließend schnell die nötigste Hausarbeit. Pünktlich zur Landung stehe ich in der Ankunftshalle des Flughafens Heathrow und warte aufgeregt auf das Erscheinen meiner besten Freundin.

Eine halbe Stunde später kommt eine verschwitzte, aber lächelnde Rose durch die Glastür und zieht einen viel zu großen und schweren Koffer hinter sich her. Ich stürme ihr entgegen und nehme sie in meine Arme.

„Ich freue mich so, dass du da bist, Rose."

„Ja, ich mich auch! Aber noch mehr freue ich mich auf eine kalte Dusche. Bei diesen ganzen Leuten seinen Koffer zu finden und vom Band zu ziehen ist ja Schwerstarbeit."

Kaum ist Rose da, schon bringt sich mich zum Lachen, das habe ich wirklich vermisst. Wir hieven ihren Koffer in den Mini und steigen ein.

„Ist das der Mini von Lucas?", grinst Rose mich verschwörerisch an.

„Ja, und ich fahre die ganze Woche damit herum", antworte ich stolz. Rose stößt einen leisen Pfiff aus und nickt anerkennend.

„Du lässt es dir hier ja gut gehen", bemerkt sie, während sie mich keck von der Seite betrachtet.

„Na ja, wenn man von dem Gefühlschaos mal absieht, ist es echt toll hier", erwidere ich.

Wir fahren los und haben uns während der Fahrt so viel zu erzählen, dass die Zeit wie im Flug vergeht. Ich halte vor dem Haus und wir steigen aus. Zu Zweit schleppen wir den schweren Koffer ins Haus in den ersten Stock.

„Hast du Steine eingepackt?", jammere ich vorwurfsvoll.

„Man weiß doch nie was man alles zum Anziehen braucht! Außerdem mussten ja auch noch ein paar Spiegel mit!", antwortet sie beleidigt. Das ist typisch Rose. Für jede Tasche sowie jede Gelegenheit hat sie einen anderen Spiegel. Eitelkeit pur! Eigentlich genau das Gegenteil von mir - vielleicht verstehen wir uns deshalb so gut.

Ich führe Rose durchs Haus und zeige ihr die einzelnen Räume. Als wir in Lucas Zimmer stehen, merkt sie sofort meine umgeschlagene Stimmung. Mitfühlend schaut sie mich von der Seite an und beherrscht sich, einen unnötigen Kommentar abzugeben.

Am Nachmittag holen wir zusammen die Zwillinge von der Schule ab. Bereits vor ein paar Tagen habe ich den beiden erzählt, dass meine Freundin aus Deutschland kommt, was bei den Mädchen eine überschwängliche Vorfreude ausgelöst hat. Endlich kommt eine neue Person, der sie ihre Streiche spielen können, denn ich und die anderen Familienmitglieder sind dagegen mittlerweile schon immun.

Kapitel 18

Nach dem Abendessen gehen Rose und ich in mein Zimmer, setzen uns auf das Bett und hören Musik. Wir quatschen, lachen und albern herum wie früher. Bei dem Lied *You love another* singen wir lauthals mit und tanzen die verrückten Schritte, die auch DB auf der Bühne vorführt.

Vollkommen in den Song vertieft, bemerken wir nicht, wie die Tür aufgeht und wir beobachtet werden. Am Ende des Tanzes drehen wir uns erschöpft um und schauen in zwei lächelnde Gesichter. Lucas und Aaron! Im ersten Moment ist es mir peinlich, dass die beiden uns so sehen, beruhige mich aber schnell und begrüße sie mit erhitzten Wangen. Rose dagegen läuft knallrot an und lässt sich kurzerhand aufs Bett sinken. Es ist ihr offensichtlich sehr unangenehm, von den Jungs ertappt worden zu sein, wie wir auf deren Musik mittanzen. Aaron tritt einen Schritt auf mich zu und begrüßt mich mit einem flüchtigen Kuss. Anschließend schauen er und Lucas neugierig auf den Neuankömmling.

„Das ist Rose, meine beste Freundin aus Deutschland", stelle ich sie vor.

Aaron geht als erster zu Rose und reicht ihr die Hand. „Hallo, ich bin Aaron und der da in der Ecke, das ist Lucas".

„Ich weiß", flüstert Rose, mit gesenktem Blick. Aaron und Lucas schauen sie fragend an, da Rose nicht gemerkt hat, dass sie vor lauter Nervosität deutsch gesprochen hat.

„Nicht wichtig", erkläre ich kurz. Komisch, so sprachlos kenne ich Rose gar nicht. Vielleicht muss sie noch ihren Kreischreflex unterdrücken, das ging mir am Anfang ja auch so.

„Was macht ihr denn schon da, wolltet ihr nicht erst morgen kommen?", frage ich, um die Stille zu unterbrechen.

„Wir waren in Italien bereits früher fertig und haben uns entschlossen, gleich heute nach Hause zu fliegen. Heute Abend wollen wir alle noch ausgehen, habt ihr Lust mitzukommen?", will Aaron wissen.

„Wohin denn? In eine Kneipe?", rufe ich überrascht aus.

„Eigentlich hatten wir das vor, aber da jetzt deine Freundin da ist, wäre es doch eine tolle Idee, London bei Nacht zu besichtigen. Was haltet ihr davon?", schlägt Aaron begeistert vor.

Rose und ich schauen uns an und können unser Glück kaum fassen. „Klar, gerne", antworten wir gleichzeitig.

Nun meldet sich auch Lucas zu Wort: „In Ordnung! Ich sag den Jungs Bescheid, bevor ich Isabel abhole. Da müssen wir aber viel Schminke auflegen, Aaron, damit uns in London keiner erkennt."

„Ja, das wird wieder ein Spaß!", freut sich Aaron, der es anscheinend genießt, sich zu verkleiden. Lucas blickt uns fragend an: „Schafft ihr es, in einer Stunde fertig zu sein?".

Welch eine Frage!

Jetzt beginnt der Dusch-Ankleide-Schmink-Marathon. Rose öffnet ihren Koffer, wo an oberster Stelle drei Spiegel in verschiedenen Größen zum Vorschein kommen. Nachdem sie die Spiegel im Zimmer verteilt hat, packt sie ihre Kleider und Shirts aus.

Pünktlich zur vereinbarten Zeit verlassen wir das Zimmer. Als wir die Stufen ins Wohnzimmer hinunter gehen, hören wir, dass die Jungs sowie Isabel schon da sind. Am Ende der Treppe gehen wir um die Ecke und bleiben abrupt stehen. Vor uns auf dem Sofa sitzen fremde Leute! Verdutzt blicken wir uns um. Plötzlich erhebt sich einer der Unbekannten und kommt auf mich zu. Lediglich an seinen hellen Augen sowie seinem unverkennbaren Grinsen erkenne ich, dass es sich um Aaron handelt.

„Habt ihr mir einen Schreck eingejagt", sage ich erleichtert. Die Jungs lachen amüsiert auf und zeigen sich, ihrer Verkleidung entsprechend, von ihrer charmanten Seite.

Jetzt kommt Miguel auf uns zu. „Hallo, du musst Rose sein".

„Ja, bin ich", sagt Rose schüchtern und bereut sogleich diese überflüssige Antwort. Danach begrüßen uns noch Ryan und Eddie. Isabel bittet freundlich, ob ich kurz Zeit hätte; sie würde gerne mit mir alleine reden. Wir gehen nach oben in mein Zimmer und ich schließe die Tür.

„Was gibt es Isabel?", frage ich abschätzend.

„Ich wollte mich wegen voriger Woche bei dir entschuldigen. Das war wirklich mies von mir, so über dich zu reden."

„Ja, allerdings."

„Es tut mir wirklich leid. Ich weiß nicht, was da über mich gekommen ist. Ich finde, dass du sehr gut tanzt und dass du eine wirklich tolle Figur hast."

„Warum erzählst du dann so einen Mist? Was habe ich dir denn getan?"

„Du wahrscheinlich gar nichts. Ich glaube, der Auslöser war, als ich gesehen habe, wie Lucas gleich zu dir hingelaufen ist, als du gestürzt bist. Er hat sich so aufmerksam um dich gekümmert, wie er es bei mir schon lange nicht mehr tut."

Bevor sie weitererzählt, setzt sie sich auf mein Bett. „Weißt du, die Beziehung mit Lucas ist nicht immer einfach. Wir sehen uns nur selten und er ist immer von Mädchen umzingelt. Wenn er dann mal da ist, muss er oft proben oder hängt mit den Jungs rum. Ich liebe ihn, aber ich weiß nicht, wie lange ich das noch so aushalte."

In diesem Moment tut sie mir wirklich leid. In mir steigt das schlechte Gewissen hoch, weil ich Lucas geküsst habe. Ich ziehe sie vom Bett und nehme sie in den Arm. „Schon gut, Isabel. Vergessen wir einfach, was passiert ist."

„Danke", erwidert sie erleichtert.

Zur gleichen Zeit im Wohnzimmer:

Die Jungs machen Scherze über ihre Verkleidungen, während Rose alleine in der Mitte des Raumes steht und sich etwas verloren vorkommt.

Lächelnd kommt Miguel auf sie zu. „Was machst du so in Deutschland, wenn du nicht gerade deine Freundin in London besuchst?"

„Ich studiere Musikmanagement", antwortet Rose und wird langsam etwas sicherer.

„Oh, das passt ja zu unserer Branche. Dann kannst du uns ja mal managen, wenn du fertig bist", bietet Miguel lächelnd an. Rose schaut ihm in die Augen und verliert sich darin. Sie fand seine dunklen Augen schon immer besonders schön, aber ihm so direkt gegenüber zu stehen ist für sie magisch. Auch Miguel hält dem Blick in Roses Augen stand und kann sich nur schwer von ihr lösen.

Gemeinsam mit Isabel komme ich die Treppe herunter und bemerke sofort, wie nah sich Rose und Miguel gegenüber stehen, während sie sich tief in die Augen blicken. Im nächsten Moment wendet Miguel sich ab und geht zu den anderen.

Lucas kommt auf uns zu und fragt hoffnungsvoll: „Alles geklärt?" Dabei schaut er zuerst Isabel und dann mich an. Fröhlich nicke ich. „Ja alles in Ordnung, können wir dann los?"

Wir machen uns fertig und gehen zu den Autos.

„Ich fahre mit meinem Auto, da passen wenigstens bequem vier Leute rein", sagt Ryan grinsend zu Aaron.

Dieser boxt ihm leicht in die Rippen und kontert: „Dafür ist mein Porsche nicht so eine lahme Krücke wie dein Land Rover".

Lucas steuert auf seinen Mini zu, Isabel folgt ihm. Ratlos überlegen Rose und ich, wo wir einsteigen sollen. Aaron folgt wie selbstverständlich Lucas, weshalb ich ebenfalls diese Richtung einschlage. Rose läuft mir nach und hält mich kurz zurück. „Macht es dir etwas aus, wenn ich bei Ryan mitfahre?" Dabei lächelt sie verlegen und schielt zu Miguel hinüber.

„Nein ist schon o.K. Wir treffen uns dann dort - viel Spaß", necke ich sie mit einem wissenden Lächeln.

Aufgeregt läuft sie zu Miguel und die beiden steigen auf die Rücksitzbank von Ryans Land Rover. Auf dem Beifahrersitz nimmt Eddie Platz. Bei uns im Auto sitzen vorne Lucas und Isabel sowie auf dem Rücksitz ich mit Aaron.

In der sternenklaren Nacht fahren wir Richtung London.

Kapitel 19

Während der Autofahrt ist es seltsam still im Wagen. Aaron nimmt meine Hand und schaut anschließend gedankenverloren aus dem Fenster. Isabel tippt auf ihrem Handy herum und Lucas konzentriert sich auf den Verkehr. Ich beobachte seine Gesichtszüge im Rückspiegel und ab und zu, eigentlich immer öfter, schaut er durch den Spiegel direkt in meine Augen, um einen Moment mit seinem Blick zu verweilen. Mir zieht es das Herz zusammen - am liebsten würde ich ihn berühren. Allerdings würde das sofort Aaron sehen und auch Isabel würde es bemerken, was ich auf keinen Fall will. Ich habe mich gerade erst mit ihr vertragen. Mittlerweile finde ich sie eigentlich ganz nett und auch hübsch, muss ich gestehen. Nach dem eindeutigen Gespräch letzte Woche, frage ich mich jetzt, warum Lucas mich so eindringlich ansieht. Ich bilde mir ein, sogar Sehnsucht in seinen Augen zu erkennen. Schnell wende ich meinen Blick ab, schaue aus dem Fenster und versuche, an etwas anderes zu denken.

Kurze Zeit später erreichen wir die Stadt. Wir fahren in eines der Parkhäuser, um die Autos abzustellen. Anschließend begeben wir uns auf die

Straße, wo Rose und mir augenblicklich die Kinnlade herunter fällt. WOW! Diese vielen Lichter! So viele verschiedene Menschen, Geräusche und Gerüche. Wir haben das Gefühl, von jedem Land der Welt sind ein paar Menschen in London unterwegs. Einige Leute tragen Kleidung, die wir so noch nie gesehen haben. Wir laufen die Straße entlang, allen voran Ryan und Eddie. Die Jungs erzählen uns von den Sehenswürdigkeiten, an denen wir vorbei kommen. Wir steuern auf ein riesiges Rad zu, welches blau beleuchtet, direkt an der Themse steht.

„Das ist das London Eye", klärt uns Miguel auf. „Wollt ihr damit fahren?"

Klar wollen wir; also gehen wir Richtung Kasse.

Als wir an der Reihe sind, müssen wir, während das Rad sich langsam weiterdreht, in die Gondel einsteigen. Die Gondel hat Platz für zehn Leute. Welch ein Glück, denn somit haben wir sie für uns alleine. Wir setzen uns auf die beiden Bänke und freuen uns auf die Fahrt. Auf der einen Seite sitzen Rose, Miguel, Aaron und ich. Uns gegenüber sitzen Lucas, Isabel, Eddie und Ryan. Die Gondel bewegt sich langsam nach oben. Als es plötzlich einen kräftigen Ruck macht und die Gondel stehen bleibt, schreit Rose kurz auf und krallt ihre Finger gleichzeitig bei mir sowie Miguel in unsere Oberschenkel.

Miguel reagiert sofort und legt den Arm beschützend um ihre Schulter. „Keine Angst Rose, es geht gleich weiter, das ist normal", redet er beruhigend auf sie ein. Diese lächelt ihn dankend an, wobei sie keinerlei Anzeichen zeigt, dass es ihr unangenehm wäre, in seinem Arm zu liegen. Einen Moment später geht die Fahrt langsam weiter. Aaron sieht sich auf einmal auch veranlasst, seinen Arm um mich zu legen, während Lucas demonstrativ Isabels an sich zieht. Eddie bemerkt die Reaktionen der Jungs, beugt sich zu Ryan hinüber und säuselt: „Darling, darf ich dich auch in den Arm nehmen?" Dabei legt er seine Hand auf Ryans Schulter. Dieser schüttelt Eddies Berührung genervt ab und meint: „Sehr lustig, bleibt lieber ruhig sitzen, sonst bleiben wir noch einmal stehen".

Charmant versucht Eddie es in Richtung Miguel: „Vielleicht erlaubt mir ja Miguel, dass ich mich neben Rose setze, dann habe ich auch jemanden, um den ich meinen Arm legen kann". Dabei zwinkert er Rose keck zu. Miguel schüttelt nur amüsiert den Kopf und lächelt. Mein Blick wandert zu Lucas, der mir direkt in die Augen schaut. Unsere Blicke verschmelzen regelrecht ineinander. Als mir bewusst wird, dass wir ja nicht alleine sind, drehe ich meinen Kopf schnell nach links zu Eddie, muss jedoch feststellen, dass er mich und Lucas beobachtet hat.

Nach einigen Minuten wendet sich Ryan mir zu. „Julie, du wolltest doch in unserem Musikvideo mittanzen. Wir fangen übermorgen mit dem Dreh im Hyde Park an. Morgen müssen wir aber noch einmal ins Theater zum Proben. Also, wenn du mitmachen möchtest …"

„Klar, wenn ihr glaubt dass ich gut genug bin", antworte ich aufgeregt.

„Du bist auf jeden Fall gut genug", erwidert Ryan, wobei er Isabel ermahnend anschaut.

„Das haben wir schon lange geklärt, Ryan, keine Angst", besänftigt Isabel ihn und lächelt mich an.

Auf dem Höhepunkt des Riesenrades angekommen ist die Aussicht überwältigend. Ein Lichtermeer erstreckt sich über der Stadt, so bunt und blinkend, wie ich es noch nie gesehen habe.

„Toll was?", meint Miguel. „Bei Tag sind zwar keine Lichter an, aber man sieht dafür richtig weit in die Ferne, das müssen wir auch einmal machen". Rose und ich können nicht antworten, wir sind noch immer sprachlos.

Als es wieder langsam abwärts geht bemerkt Aaron: „Ich habe Hunger! Können wir nachher zu Nandos gehen?" Ich beobachte Lucas, der mich zwar ab und zu ansieht, aber nichts zur Unterhaltung beiträgt. Auf halbem Weg nach unten höre ich plötzlich lautes Rufen und Kreischen, wie ich es eigentlich nur von Konzerten her kenne.

Entsetzt schaut Ryan aus dem Fenster. „Oh nein! Sie haben uns entdeckt. Unsere Verkleidungen wirken auch nicht mehr so wie früher. Jungs, da müssen wir jetzt durch. Isabel, du bringst Rose und Julie in Sicherheit, wir schreiben ein paar Autogramme und versuchen sie dann abzuhängen. Wir treffen uns im Smollensky's.“

Isabel nickt und kommt zu mir und Rose herüber. In ernstem Ton sagt sie: „Wir nehmen uns an den Händen und ihr lauft einfach mir nach, in Ordnung? Nicht stehen bleiben, keine Fragen beantworten und nicht zu den Jungs umdrehen. Verstanden?“

Rose und ich schauen uns verständnislos an.

„Verstanden?“, will Isabel laut und nachdrücklich wissen. „Das ist wichtig! Ihr werdet hinterher verstehen, warum“. Wir nicken eingeschüchtert.

Die Gondel rückt langsam ihrem Ziel näher, wodurch die Rufe der Fans immer lauter werden. Wir hören alle Namen: Eddie! Miguel! Lucas! Aaron! Ryan! Und alle gleichzeitig! Zwischendurch nur Gekreische. Waren wir auch so bei den Konzerten?

Aaron drückt liebevoll meine Hand. „Vertraut einfach Isabel, sie weiß was zu tun ist“.

Mein Blick wandert zu Lucas, der mich besorgt anschaut. Nach einem kurzen Lächeln nickt er mir aufmunternd zu. Mit einem Mal umschließt die kalte

Kralle der Angst mein Herz. Und plötzlich öffnet sich die Tür der Gondel.

Kapitel 20

Es gibt hier nicht genügend Sicherheitsleute, um die Fans zurückzuhalten, weil die Jungs inkognito unterwegs sind. Irgendjemand muss sie beim Einsteigen erkannt haben. Anschließend hat sich die Information dann in Windeseile verbreitet. Auch in London gibt es Twitter und Instagram, Nachdem wir eine halbe Stunde mit der Gondel unterwegs waren, hatten die Fans genug Zeit sich zu versammeln.

Zuerst verlässt Eddie die Gondel. Die Fans erkennen ihn sofort. Wie ist das möglich? Bei Rose und mir hat die Täuschung vorhin im Wohnzimmer hervorragend funktioniert.

Ihm folgt Ryan und Miguel, dann Aaron und zuletzt Lucas. Das Riesenrad wurde mittlerweile seitens des Personals angehalten. Isabel bleibt in der Tür stehen und hält uns zurück auszusteigen. Sie lässt die Jungs erst in der Menge untertauchen. Ich erkenne, wie sie von unzähligen Händen berührt und begrabscht werden. Sie reißen Eddie sogar fast die Perücke vom Kopf. Überall bunt lackierte Finger, Zettel, Notizblöcke und Stifte, welche den Jungs fast in die Augen gestoßen werden. Aber am schlimmsten ist der Lärm, bei dem meine Ohren regelrecht zu schmerzen beginnen.

Plötzlich zieht uns Isabel fest an den Händen nach draußen. Rose stolpert aus der Kabine und schafft es glücklicherweise, nicht hinzufallen. Mit schnellen Schritten geht Isabel auf die Menge zu, biegt aber kurz vorher steil nach links ab. Sie hat tatsächlich eine kleine Gasse zwischen den Menschen entdeckt, durch die sie uns jetzt lotst. Isabel hat Rose an der Hand, während diese mich hinter sich herzieht. Nur kurz drehe ich mich um, weil ich sehen will, wo die Jungs sind. In diesem Moment bemerke ich, wie ein Mädchen sich an Lucas Hals wirft und ihn tatsächlich abknutscht. Ich bin so perplex, dass ich über einen Randstein stolpere. Zum Glück verhindert Rose mit ihrem festen Griff, dass ich stürze. Jetzt hat die Angst mich vollends im Griff. Noch einmal rechts und einmal links und wir sind aus der Menschenmenge raus. Isabel bleibt trotzdem nicht stehen. Sie läuft zielstrebig weiter, ohne sich auch nur einmal umzusehen. Wir überqueren eine Brücke und Isabel klärt uns mit kurzen, knappen Worten auf, dass dies die Waterloobridge sei, die direkt nach Covent Garden führt. Dort liege das Lokal, in welchem wir uns mit den Jungs treffen wollen. Nach etwa einer halben Stunde erreichen wir abgehetzt das Smollensky's, eine wunderschöne Bar, mit dunklen Tischen und Stühlen, Holzboden und einem Piano in der Ecke. Isabel geht zum Oberkellner, um kurz mit ihm zu sprechen, anschließend führt sie uns die Treppe hinauf in einen Nebenraum und schließt die Tür. Erschöpft setzen wir uns an den Tisch.

Zur gleichen Zeit vor dem London Eye:

Die fünf Jungs von DB sind umzingelt von kreischenden, fast ausschließlich weiblichen, Fans. Sie strecken die Hände nach ihren Idolen aus, begrabschen sie und zerren an ihren Jacken. Massenhaft Zettel, Notizblöcke, aber auch Arme und halbnackte Oberkörper werden ihnen entgegenstreckt, um ein Autogramm zu erhalten. Eddie, Ryan, Aaron, Miguel und Lucas schlagen sich tapfer durch die Menge und unterschreiben zügig die ihnen unter die Nase gehaltenen Vorlagen. Dabei versuchen sie, sich langsam vorwärts zu bewegen, was nur schwer gelingt. Lucas hat seine Schrecksekunde zum Glück hinter sich, als ein junges Mädchen, vielleicht 15 Jahre alt, ihm an den Hals gesprungen ist. Sie klammerte sich an ihm fest, während sie sein Gesicht mit Küssen bedeckte. Solche Situationen sind für die Jungs weder schön, noch lustig. Sie fühlen sich dadurch auch nicht geschmeichelt. Ganz im Gegenteil, sie bekommen es regelrecht mit der Angst zu tun, weil sie wissen, dass ihre Fans sich in einer Ausnahmesituation befinden, in welcher sie sich nicht mehr unter Kontrolle haben. Bei den Konzerten oder anderen Auftritten befinden sich stets Bodyguards, die ihnen die Menge einigermaßen vom Leib hält. Heute allerdings waren sie wieder einmal verkleidet unterwegs, weshalb sie mit dem Risiko, erkannt zu werden, rechnen mussten. Die Jungs machen solche Ausflüge nicht oft, aber ab und zu wollen sie einfach unbeschwert in der Menge untertauchen und wie alle anderen, nicht prominenten jungen Menschen, Spaß haben. Lucas ist das Mädchen glücklicherweise sehr schnell losgeworden, nachdem ein eifersüchtiger Fan sie von ihm wegzog. Den anderen Jungs ergeht es da nicht viel besser.

Irgendwann haben sie es geschafft, sich so weit an den Rand der Menschenmenge zu schieben, dass Eddie das vereinbarte Signal geben kann. Er pfeift einmal laut eine bestimmte Tonfolge, welche die Jungs sofort erkennen. Im nächsten Moment sprinten alle fünf gleichzeitig los, drücken die Fans zur Seite und verschwinden in verschiedene Richtungen. Die hysterischen Mädchen laufen ihren Vorbildern kreischend hinterher. So verteilt sich die Menge auf etwa fünf gleich große Gruppen. Da die Bandmitglieder alle durchtrainiert sind und schnell laufen können, hängen sie ihre Fans relativ leicht ab. Manchmal verstecken sie sich auch in dunklen Gassen, bis die Verfolger an ihnen vorbei gelaufen ist.

Erst wenn sie sich sicher fühlen, steuern sie den vereinbarten Treffpunkt an.

Wir sitzen im Nebenraum des Lokals und klammern uns angespannt an unseren Getränken fest. Erst jetzt bemerke ich, dass ich zittere. „Ist das immer so?", wende ich mich an Isabel.

Bestätigend nickt sie. „Ja, wenn die Jungs entdeckt werden ist es eigentlich immer ähnlich. Die Fans sind auf der ganzen Welt gleich. Fanatisch und hysterisch. Die wissen nicht mehr was sie tun."

„Aber das war so laut", bemerkt Rose erstaunt. „Ich kann mich nicht erinnern, dass wir bei dem Konzert in Deutschland auch so laut waren".

„Glaub mir, Rose, ihr wart auch so laut", entgegnet Isabel lächelnd. „Die Fans sind außer sich. Die Jungs sind Idole für sie, unerreichbare Personen. Schaut euch nur die Hysterie bei Michael Jackson oder damals bei den Beatles an. Das ist heute nicht anders."

Nachdenklich schaue ich auf mein Glas. Plötzlich kommt mir das alles so unwirklich vor. Bin ich jetzt anders, nur weil ich die Jungs kenne? Bin ich jetzt kein Fan mehr? Vielleicht würde ich mich mit dieser Erkenntnis jetzt, als Fan einer Band, anders benehmen? Während ich noch meinen Gedanken nachhänge, springt die Tür auf. Ryan und Aaron stürmen abgehetzt in den Raum. Ich schnelle von meinem Stuhl auf und stürme zu Aaron. Erleichtert falle ich ihm in die Arme. Ich hatte wirklich Angst um ihn. Meine Sorge gilt aber auch den anderen, vorallem Lucas.

Nachdem wir uns an den Tisch gesetzt haben, erzählen die Ankömmlinge, wie sie der Meute entkommen konnten. „Ich habe die Fans, die mich verfolgt haben, zum Glück nach drei Querstraßen abhängen können", meint Aaron. „Glücklicherweise habe ich den Vorteil, dass ich ein Junge bin und die meisten Fans Mädchen".

Ryan erzählt: „Ich habe mich in einer Seitengasse hinter einem Müllcontainer versteckt. Ein Fan wollte fast in die Straße einbiegen, lief dann aber doch den anderen hinterher." Der Kellner bringt die Getränke, welche sie bei der Ankunft schon bestellt haben, und legt die Speisekarten auf den Tisch.

Unbesorgt greift Aaron danach und blättert darin herum. „So, auf den Schock brauch ich jetzt etwas Anständiges zu Essen", verkündet er lautstark.

Fassungslos blicke ich ihn an. „Wie kannst du jetzt etwas essen?"

„Man gewöhnt sich daran - außerdem habe ich einen Riesenhunger", antwortet er seelenruhig, während er mir einen Kuss gibt.

Plötzlich geht die Tür erneut auf. Eddie erscheint im Türrahmen, gefolgt von Miguel. Ein kurzer Blick zu Rose verrät mir, dass ihre Anspannung augenblicklich abfällt.

Miguel lächelt Rose an und setzt sich neben sie. „Geht es dir gut?", fragt er besorgt.

„Ja, danke! Aber ist bei dir auch alles in Ordnung?", kommt ihre Gegenfrage. Beruhigend legt er seine Hand auf ihre. Anschließend treffen sich ihre stillschweigenden Blicke.

Nach etwa zwanzig Minuten stellt Isabel fest: „Jetzt müsste Lucas aber bald auftauchen, wo bleibt er denn so lange? Hat einer von euch gesehen, wo er hingelaufen ist?"

Die anwesenden Bandmitglieder schütteln bedauernd den Kopf. „Wir sind alle in verschiedene Richtungen gelaufen, wie immer Bel", äußert Eddie. Auch er macht sich langsam Sorgen, warum Lucas nicht erscheint. Mittlerweile bin ich so unruhig, dass mein Verhalten auffällig wird. Ich kann einfach nicht mehr untätig hier rum sitzen. Kurzerhand stehe ich auf. „Ich muss mal zur Toilette".

Nachdem ich die geräumige Bar durchquert habe, trete ich vor die Tür. Besorgt schaue ich links und rechts die Straße entlang, entdecke jedoch keine Spur von Lucas. Unruhig beginne ich, vor dem Lokals hin und herzulaufen. Einen Moment später bleibe ich mit dem Rücken zur Tür stehen und blicke erneut besorgt die Straße hinunter. Nach einer gefühlten Ewigkeit erscheint Aaron hinter mir und legt mir die Hände auf die Schultern. Erschrocken drehe ich mich um und erkenne den verständnisvollen Ausdruck in seinen Augen.

„Du machst dir Sorgen um Lucas, stimmts?"

„Ja", gebe ich zu.

„Er wird schon kommen. Manchmal dauert es einfach etwas länger, bis wir die Fans abhängen können." Ich drehe mich zurück zur Straße, um erneut meine besorgten Blicke umherschweifen zu lassen. Aaron tritt einen Schritt näher an mich heran und legt behutsam seine Arme um meinen Bauch. So stehen wir da und warten. Zehn Minuten tritt eine dunkle Gestalt aus einer Seitengasse. Schwer atmend läuft Lucas auf uns zu. In diesem Augenblick fällt eine Zentnerlast von mir ab. „Lucas!", platzt es erleichtert aus mir heraus. Aaron legt seinen Arm um Lucas Schultern und führt ihn ins Lokal. Zusammen gehen wir in den ersten Stock, wo die anderen uns bereits erwarten. Nachdem wir die Tür geöffnet haben, stürmt Isabel sofort auf Lucas zu und fällt ihm um den Hals. Besorgt küsst sie ihn und will wissen, ob alles in Ordnung sei. Erschöpft nickt er und setzt sich zu uns. Erst jetzt bemerke ich, dass er am linken Mundwinkel leicht blutet.

„Was ist passiert Lucas? Warum hat das so lange gedauert?", erkundigt sich Eddie.

Lucas schüttelt jedoch nur den Kopf und nimmt hastig einen Schluck von Eddies Getränk. Nach einer kurzen Verschnaufpause fängt er an zu berichten: „Unfassbar! So etwas habe ich noch nicht erlebt! Die Fans werden immer verrückter!".

Gespannt hängen wir an seinen Lippen, bis er fortfährt: „Also, ich bin nach Eddies Pfiff losgerannt, wie ihr auch. Leider führte gerade meine Richtung von der Waterloobridge weg. Auf der Straße waren viele Passanten, Fahrradfahrer, Autos und verliebte Pärchen, die den Weg blockierten. Deshalb hat es ziemlich lange gedauert, bis ich die Fans abhängen konnte. Nach etlichen Abzweigungen war ich mir dann ziemlich sicher, alle Verfolger abgehängt zu haben. Ich lehnte mich in einer Seitenstraße an die Mauer, um zu verschnaufen. Plötzlich kam von hinten so ein Bär von Mann, umschlang meinen Hals und zog mich in die dunkle Gasse hinein. Ich dachte: Mist! Jetzt bist du den Fans entkommen und wirst hier von einem Junkie überfallen. Plötzlich tauchte ein anderer Typ auf, an seiner Seite drei Mädchen. An deren leicht hysterischen Blicken erkannte ich sofort, dass es sich um Fans handelte". Er macht eine kurze Pause und nimmt einen Schluck von seiner Cola, welche Isabel anfangs für ihn bestellt hat.

„Und dann? Was haben sie mit dir angestellt?", will Isabel ungeduldig wissen.

„Einer der Typen war eifersüchtig Eddie".

„Auf mich?", fragt Eddie ungläubig. „Warum haben sie dann dich geschnappt?"

„Weil du gerade nicht in der Nähe warst, du Schlaumeier! Der eine Typ erzählte mir, dass seine Freundin sowie seine Schwester auf Eddie ständen. Sie würden nur noch von ihm reden, ihre Zimmer mit Postern zukleben und den ganzen Tag unsere Musik hören. Außerdem erzählte er, dass seine Freundin ihn mit Eddie vergleiche, und das passe ihm garnicht."

„Was hast du darauf geantwortet?", will Eddie wissen.

„Ich habe ihn gefragt, warum er sich dann nicht eine neue Freundin sucht", erklärt Lucas grinsend. Allerdings zuckt er bei dieser Grimasse sofort zusammen, weil sein eingerissener Mundwinkel schmerzt.

„Daraufhin traf mich die erste Faust ins Gesicht. Das dritte Mädchen war wohl Fan von mir, was mir der andere Kerl dann erzählte. Ich versuchte, die Typen zu besänftigen, bot an, den Mädchen Autogramme zu geben, aber das war ihnen nicht genug. Die wollten wohl den coolen Macker raushängen lassen und für ihre Freundinnen was ganz besonderes erreichen. Nämlich Freikarten für die nächsten Konzerte sowie ein privates Treffen mit uns; damit diese unerreichbare Schwärmerei endlich ein Ende hätte".

„Puh! Das wieder!", stößt Aaron genervt aus. „Warum kapieren die nicht, dass wir das nicht machen können! Wenn sich herumspricht, dass wir Freikarten springen lassen, wenn uns Prügel angedroht wird, dann ...".

„Ja, das habe ich ihnen auch gesagt", wendet Lucas ein. „Aber das war für die beiden die falsche Antwort und dann kam die zweite Faust".

In diesem Moment tut mir Lucas so unendlich leid. Ich würde ihn am liebsten in den Arm nehmen - seine wunde Stelle streicheln und küssen.

„Wie bist du entkommen?", meldet sich jetzt Ryan zu Wort.

„Die Mädchen haben sich eingemischt. Sie wollten wohl nicht, dass ich verprügelt werde. Sie haben ihre Typen von mir weggezogen und auf sie eingeredet. Da habe ich meine Chance genutzt und bin losgerannt. Zum Glück waren die Kerle nicht sehr sportlich, so dass ich sie bereits nach zwei Straßen los war."

Alle Blicke sind auf Lucas gerichtet. Nur Eddie zieht ihn auf: „Zeig mal deine mutigen Kampfspuren?"

Daraufhin boxt Lucas ihm leicht in den Arm und schiebt ihn lachend weg. Die anderen fallen in sein Gelächter ein, so dass dieses Thema für die Jungs schnell erledigt ist.

Nachdem das Essen serviert wurde, wird es noch ein lustiger Abend. Erst weit nach Mitternacht begeben wir uns zu unseren Autos und fahren Richtung Tunbridge Wells.

Zuhause angekommen, steigen wir aus. Aaron gibt mir einen zärtlichen Abschiedskuss, bevor er zu seinem Auto geht. Nur aus den Augenwinkeln bemerke ich Lucas irritierende Blicke. Rose steht mit Miguel noch vor Ryans Auto und unterhält sich mit ihm. Dabei stehen sie sehr nahe zusammen, wobei Miguel Roses Schulter berührt. Während ich mit Lucas auf die Haustüre zusteuere, rufe ich meiner Freundin zu: „Rose, kommst du?" Miguel beugt sich zu ihr hinunter und gibt ihr einen zarten Kuss. Sie lächelt ihn an, dreht sich um und läuft auf mich zu.

Während Lucas die Haustüre aufsperrt, fällt mir auf, dass Isabel noch im Wagen sitzt. „Was ist mit Isabel, bleibt sie nicht hier?", frage ich verwundert.

„Ich fahre sie noch heim", antwortet Lucas leise, dabei schaut er mir tief in die Augen. „Gute Nacht Julie".

„Gute Nacht Lucas, bis morgen" , sage ich und folge Rose ins Haus.

Möglichst leise schleichen wir in unser Zimmer, wo sich Rose umgehend rückwärts auf das große Bett fallen lässt. Sie streckt die Arme über den Kopf und stöhnt leise: „War das ein schöner Abend!".

„Schön?", rufe ich ungläubig aus. „Ich fand ihn eher sehr aufregend und Angst einflößend".

„Ja, aber mit Miguel dort zu sitzen, war einfach nur traumhaft schön", entgegnet Rose verträumt.

„Dich hat's voll erwischt, oder?", frage ich lächelnd. Schweigend grinst sie mich an. Plötzlich rollt sie sich auf die Seite und stützt ihren Kopf auf die Hand.

Ernst bemerkt sie: „Julie, das mit dir und Lucas, das ist ziemlich offensichtlich".

„Echt? Glaubst du, auch Isabel und Aaron merken das?", frage ich unsicher.

Schwungvoll setzt Rose sich auf und erklärt in ernstem Ton: „Jeder Blinde erkennt, dass du ihn liebst. Deine Blicke verraten alles! Und ich glaube, auch er ist in dich verliebt! Das sieht man."

„Ja, vielleicht. Aber er benimmt sich nicht so. Er will sich eigentlich von mir fern halten, was jetzt aber schwierig wird, da ich beim Videodreh mitmache. Es ist leider nicht immer so einfach wie bei dir und Miguel."

Wir ziehen unsere Kleider aus und schlüpfen in die Schlafshirts. Erschöpft krieche ich ins Bett, während Rose ihre Haare vor einem ihrer vielen Spiegel bürstet.

Leise will sie wissen: „Glaubst du, das mit Miguel und mir kann gut gehen?"

Ich denke kurz darüber nach und antworte ihr ehrlich: „Warum nicht, wenn ihr euch liebt ist doch alles möglich."

Die Müdigkeit übermannt mich mit einem Schlag, so dass ich spüre, dass ich nicht mehr klar denken kann. Ich wünsche Rose gute Nacht und drehe mich auf die Seite. Bis Rose ins Bett steigt bin ich bereits eingeschlafen.

Kapitel 21

Ich erkenne Lucas, der mit blutigem Gesicht, hinkend und mit zerrissener Kleidung um die Ecke hetzt. Ihn verfolgen zwei unheimliche Typen mit Baseballschlägern in der Hand. Lucas läuft direkt in meine Arme und sinkt zu Boden. Ich falle auf die Knie und halte seinen Kopf. Plötzlich kommt Aaron hinter mir aus dem Lokal und stürmt auf die beiden Typen zu. „Aaron pass auf!", rufe ich ihm zu, aber es ist bereits zu spät. Wütend steht er ihnen gegenüber, während er in seine Hosentasche greift.

Er zieht ein Bündel Geldscheine heraus und übergibt sie den beiden Männern. „Danke für eure Arbeit, den Rest erledige ich selbst". Verständnislos schaue ich ihn an, als er auf uns zukommt. Er hält einen der Baseballschläger in der rechten Hand.

„Aaron, was soll das?", schreie ich ihn an, aber er antwortet mir nicht. Einen Moment später steht er vor uns und hebt den Baseballschläger mit beiden Händen über seinen Kopf. Ungläubig schaue ich ihm in die Augen und weiß, er wird mit voller Wucht zuschlagen.

Schreiend wache ich auf. Schwer atmend setze ich mich im Bett auf und schaue auf den Wecker. Es ist acht Uhr morgens. Ich habe gerade mal vier Stunden geschlafen! Rose liegt mit einem Lächeln auf den Lippen neben mir und träumt vermutlich von Miguel. Ein Wunder, dass sie von meinem Schrei nicht aufgewacht ist. Sie hat noch zwei Stunden Schlaf verdient, bis der Wecker klingelt. Ich stehe auf und gehe ins Badezimmer, um mich für den bevorstehenden Tag fertig zu machen.

Gutgelaunt erscheine ich zwanzig Minuten später in der verlassenen Küche. An der Pinnwand suche ich nach einer Nachricht von Liz und werde schließlich fündig. Sie ist mit David und den Mädchen früh morgens aufgebrochen, um in einen Freizeitpark zu fahren, der zwei Stunden entfernt liegt.

Nachdem ich mir mein Müsli zubereitet habe, setze ich mich an den Küchentisch und denke an den bevorstehenden Tag. Heute ist der letzte Probetag. Morgen darf ich tatsächlich beim Videodreh der Band mitmachen. Ich kann es kaum glauben, wie viel seit meiner Ankunft in London schon passiert ist.

Als ich so meinen Gedanken nachhänge, höre ich plötzlich das leise Öffnen der Haustüre. Ein Blick in den Flur lässt mich beobachten, wie Lucas langsam Richtung Treppe schleicht. Das leichte Ziehen in meiner Herzgegend lässt sich nicht verleugnen.

Beton deutlich rufe ich: „Guten Morgen!"

Erschrocken dreht er sich zu mir um. „Äh, guten Morgen. Du bist schon so früh wach?"

„Du anscheinend auch", kontere ich, um Fassung bemüht. Mir ist klar, dass er bei Isabel übernachtet hat, da er die gleichen Klamotten wie letzte Nacht trägt.

Verlegen erklärt er: „Ich gehe nur schnell nach oben - duschen und mich umziehen".

„Ja klar! Bis nachher", antworte ich lächelnd, wobei ich spüre, wie die Wut in mir aufsteigt.

Wie kann er nur bei Isabel übernachten, nach allem was zwischen uns war? War der Kuss nur ein Zeitvertreib für ihn? Warum wirft er mir weiterhin solche Blicke zu, wenn er es nicht ernst meint? Völlig verwirrt und fassungslos übersteigt die Wut all meine anderen Gefühle. *Na warte, was du kannst, kann ich schon lange.* Ich werde heute mit Aaron so richtig schön vor ihm rummachen, dann sieht er, wie sich das anfühlt. Der Plan steht für mich fest.

Zurück in meinem Zimmer laufe ich wie ein unruhiger Tiger auf und ab. Ich bin wütend, verzweifelt und gekränkt. „Rose! Rose! Wach auf!", rufe ich drängelnd, während ich sie unsanft an der Schulter schüttle.

Verschlafen öffnet sie ein Auge. „Was ist denn los? Müssen wir schon aufstehen?"

Beim Anblick meiner veränderten Gesichtsfarbe ist Rose sofort alarmiert. „Julie! Was ist passiert?"

„Er hat bei Isabel übernachtet, das ist passiert! Wie kann er nur?" Vergeblich bin ich bemüht, meine Lautstärke zu mäßigen, damit Lucas mich im Nebenzimmer nicht hört.

„Woher weißt du das? Hat er es dir erzählt?"

„Nein! Ich habe ihn erwischt, wie er sich gerade eben ins Haus geschlichen hat. Er wollte sicher, dass ich es gar nicht erfahre. Ich war so blöd! Wie konnte ich nur annehmen, dass er sich für mich, einem Nichts aus Deutschland, interessiert? Wenn er doch Isabel hat, die hübsch, nett und erfolgreich ist. Noch dazu ist sie seit zwei Jahren seine Freundin."

„Jetzt mal langsam mit den wilden Pferden", versucht Rose mich zu beruhigen. „Nur weil er bei seiner Freundin übernachtet, muss das doch nicht heißen, dass er dich nicht lieben kann".

„Aber er zeigt es mir auch nicht".

„Klar! Eben weil er eine Freundin hat und die Situation auch für ihn schwer ist".

„Oh Rose, ich bin so wütend auf ihn, ich kann heute für nichts garantieren."

„Überleg dir genau, was du tust! Nicht, dass du es hinterher bereust".

„Lass das mal meine Sorge sein", beende ich die hitzige Diskussion. Ich stelle mich vor den Spiegel und blicke in meine zusammengekniffenen Augen. Im nächsten Moment drehe ich mich zu Rose um, um sie freundlich aufzufordern: „Los steh jetzt auf, wir müssen bald los". Ohne ein weiteres Wort verlasse ich das Zimmer und gehe wieder in die Küche.

Zehn Minuten später erscheint Lucas gutgelaunt im Wohnzimmer. Während ich auf dem Sofa sitze, blättere ich interessiert in einer Zeitschrift. Lucas setzt sich neben mich und spricht mich unsicher an: „Bist du irgendwie sauer auf mich?"

„Warum sollte ich?", lautet meine unbeteiligte Gegenfrage.

„Ich meine nur, weil du so komisch bist", antwortet er zweifelnd.

Mit gleichgültigem Schulterzucken blättere ich demonstrativ eine Seite um. Er beobachtet mich noch einige Sekunden, dann steht er auf und geht in die Küche. Er bereitet sich ein Sandwich zu und trinkt dazu eine Tasse Tee.

Nach weiteren zehn Minuten erscheint Rose gähnend in der Küche. Zuvorkommend bietet Lucas ihr eine Tasse Tee an, welche sie dankend entgegennimmt.

Rose und Lucas unterhalten sich ungezwungen und freundlich über den bevorstehenden Tag. Nachdem sie ihre leeren Tassen beiseite gestellt haben, fragt Lucas: „Können wir dann los?"

„Klar", antworte ich knapp, wobei ich nicht verbergen kann, dass ich sauer auf ihn bin. Ohne Lucas eines Blickes zu würdigen, wende ich mich an Rose: „Hast du alles dabei Rose?"

Nach kurzem Überlegen antwortet sie: „Ich glaube schon … ach nein … ich habe meinen Spiegel vergessen!" Zwei Stufen auf einmal nehmend sprintet sie die Treppe hinauf und verschwindet im Zimmer.

Amüsiert verdrehe ich die Augen und sage mehr zu mir selbst: „Die mit ihren Spiegeln". Lucas grinst nur. Kurz darauf hetzt Rose die Treppe wieder herunter und folgt uns zum Auto.

Kapitel 22

Die Fahrt zum Theater verläuft größtenteils schweigend. Lucas legt eine CD von Cher Lloyd, worauf jeder für sich leise mitsingt. Rose sitzt auf dem Rücksitz, von wo aus sie mich und Lucas beobachtet. Ich spüre regelrecht ihre Blicke auf meinem Rücken. Sie sagt aber nichts. Lucas schielt gelegentlich zu mir herüber, ich schaue jedoch stur geradeaus oder seitlich aus dem Fenster. Ich bin immer noch sauer auf ihn und ich habe auch keine Lust, mit ihm über Isabel zu sprechen.

Als wir endlich am Hintereingang des Theaters ankommen, parkt Lucas seinen Mini neben Aarons Porsche. Nacheinander gehen wir durch die rostige Eisentür. Rose erblickt Miguel und läuft sofort auf ihn zu. Dieser empfängt sie mit freudigem Gesichtsausdruck in seinen Armen. Liebevoll küssen sie sich zur Begrüßung, bleiben anschließend Arm in Arm stehen. Aaron springt von der Bühne herunter und kommt auf mich zu. Seinen kurzen Begrüßungskuss quittiere ich mit einer leidenschaftlichen Umarmung. Fordernd drücke ich ihn an mich und presse meine Lippen auf seine. Es folgt ein mehrere Sekunden dauernder inniger Kuss, den ich erst beende, nachdem ich mir sicher bin, dass das entscheidende Augenpaar ihn wahrgenommen hat. Als wir uns trennen, drehe ich mich langsam zu Lucas um. Er schaut mich mit einem entsetzten aber auch traurigen Blick an, als würde es ihm Schmerzen bereiten, was er soeben gesehen hat. Das kurz aufkommende Mitleid unterdrücke ich erfolgreich, so dass ich die durchdringende Schadenfreude für einen Augenblick genießen kann. Ein vergänglicher Glücksmoment, denn in der nächsten Sekunde fühle ich mich schlecht, weil ich Aaron dazu benutze, um Lucas eifersüchtig zu machen.

Nachdem der Rest der Gruppe uns begrüßt hat, besprechen wir, mit welchem Lied und Tanz wir starten wollen. Ryan schlägt vor, mit dem Lied *bad words* zu beginnen, dem Tanz, bei welchem ich am Schluss die komplette Drehung durchführen muss. Rose gibt Miguel schnell noch einen flüchtigen Kuss und setzt sich anschließend in die erste Reihe auf einen der Stühle. Wir positionieren uns auf der Bühne. Die Musik beginnt. Der gesamte Tanz verläuft gut, trotzdem proben wir ihn gleich noch einmal. Nachdem wir ihn erneut fehlerlos schaffen, meint Eddie, wir könnten doch jetzt den Tanz zu *winter dreams* versuchen. Den haben wir das letzte Mal bereits einstudiert, allerdings ohne Lucas, da dieser mit Isabel bereits gegangen war. Die Musik beginnt und ich führe die ersten Schritte aus. Ich muss von einem

Jungen zum anderen tanzen, dabei werde ich am ausgestreckten Arm des jeweiligen Jungen eingerollt, bis ich ganz nah an seinem Körper stehe und unser Gesicht sich fast berührt. Ich fange rechts außen bei Ryan an, nehme seine Hand, drehe mich ein und stehe vor seinem muskulösen Körper. Beim nächsten Takt schwingt er mich wieder aus und ich tanze weiter zu Aaron. Auch ihm reiche ich meine Hand, drehe mich, stehe vor ihm, lächle ihn kurz an und schwinge wieder nach außen. In der Mitte der Reihe steht Miguel. Auch bei ihm führe ich die gleichen Schritte aus, werde anschließend wieder ausgedreht. Jetzt kommt Eddie an die Reihe. Auch bei ihm klappen die Schritte ohne Probleme. Als Letzter ist Lucas an der Reihe. Allein bei der Berührung seiner Hand habe ich schon das Gefühl, ich müsste versinken. Augenblicklich bekomme ich weiche Knie und es kribbelt in meinem Bauch. *Nicht jetzt!* Doch nach drei Schritten stehe ich ganz nah vor ihm und wir schauen uns in die Augen. Ich spüre seinen Atem auf meinem Gesicht und die Zeit bleibt für mich stehen. Plötzlich hört die Musik auf.

„Lucas, Julie, was soll das? Ihr habt den Zeitpunkt für das Ausdrehen verpasst!", ruft Eddie wütend aus. Verstört drehe ich meinen Kopf zur Seite und schaue Eddie an. Während er wissend den Kopf schüttelt, wechselt sein Blick zwischen Lucas und mir. Freundlich ruft er in den Saal: „Das Ganze noch einmal von vorne. Und diesmal achtet bitte auf den Einsatz!".

Schuldbewusst husche ich zurück zu meiner Startposition. Dieses Mal gelingen die Einsätze gut, auch Lucas gibt mir rechtzeitig das Signal zum Ausdrehen und der Tanz kann ohne Probleme beendet werden.

Als dritten Tanz, welcher morgen abgedreht werden soll, haben die Jungs *Kiss me forever* ausgesucht. Auch diese Schritte haben wir vorige Woche schon geprobt. Bereits beim ersten Versuch verläuft dieser Tanz ohne Zwischenfälle.

Am Ende des letzten Liedes ruft Ryan: „Pause Jungs!"

Wir hüpfen von der Bühne, nehmen uns eine Flasche Wasser und verteilen uns im Raum. Miguel führt Rose ins linke hintere Eck der Halle. Dort setzen sie sich nebeneinander auf die Stühle, wobei Rose ihre Beine über die von Miguel legt. Sie öffnet ihre kleine Handtasche und holt einen kleinen Spiegel heraus. Dann klappt sie ihn auf, betrachtet sich eingehend darin und zupft ihre Haare zurecht. Als sie sich zu Miguel umdreht bemerkt sie, dass er sich hinter sie geschoben hat, um sich ebenfalls in dem Taschenspiegel betrachten zu können. Im nächsten Moment lacht sie laut los und merkt, dass sie mehr mit Miguel gemeinsam hat, als sie dachte. Miguel dagegen fühlt sich ertappt, fällt allerdings schüchtern in ihr Lachen ein. Sie unterhalten sich und flirten ohne Hindernisse. Schließlich liegen sie sich leidenschaftlich küssend in den Armen.

Ich gehe zu Aaron, nehme ihn an der Hand und ziehe ihn in die Mitte der Stuhlreihen. Wir unterhalten uns über den morgigen Drehtag sowie die zu erwartenden Örtlichkeiten im Hyde-Park. Lucas hat sich währenddessen in die erste Reihe auf einen Stuhl gesetzt. Eddie setzt sich neben ihn, um ihm Gesellschaft zu leisten. Ich lege meine Hand in Aarons Nacken und ziehe ihn zu mir. Innig küsse ich ihn, in der Hoffnung, dass Lucas auch diesen Kuss sieht.

Zur gleichen Zeit vor der Bühne:

Eddie setzt sich neben Lucas und spricht ihn leise an: „Sag mal, zwischen dir und Julie läuft doch was, oder?"

Verwundert schaut Lucas auf. „Wie meinst du das, was soll da laufen?"

„Ich habe das jetzt schon öfters beobachtet. Gestern im London Eye, vorhin auf der Bühne und auch jetzt schaust du die ganze Zeit zu ihr hinüber". Unauffällig dreht er seinen Kopf zu Julie und Aaron. „Und es passt dir offensichtlich überhaupt nicht, dass sie mit Aaron rummacht."

Lucas fühlt sich ertappt, dreht sich daher schlagartig mit dem Gesicht nach vorne. „Quatsch! Das bildest du dir ein", sagt er schnell.

„Dir kannst du vielleicht etwas vormachen, aber nicht mir! Dafür kenne ich dich zu gut. Deine Blicke sprechen Worte. Und ehrlich gesagt, schaut auch Julie dich sehr verliebt an, auch wenn man das jetzt gerade nicht merkt", äußert Eddie enttäuscht, wobei er hinter sich auf die beiden Küssenden deutet. „Überleg dir gut, ob du die Beziehung mit Isabel aufs Spiel setzt, um eine Affäre mit Julie zu beginnen", rät Eddie fürsorglich.

„Ich habe keine Affären!", antwortet Lucas empört.

Bevor Eddie aufsteht, beugt er sich zu Lucas und flüstert ihm zu: „Dann kläre das, bevor es zu spät ist! Und entscheide dich!"

Während alle anderen mit ihrem Gegenüber beschäftigt sind, betrachtet Ryan, der alleine vor der Bühne steht, die einzelnen Paare. „Super, Miguel hat eine zum Knutschen; Aaron hat eine zum Knutschen und Eddie und Lucas, auch die zwei haben sich. Nur ich bin hier der Blöde. Was soll's!.", flüstert er zu sich selbst. Er dreht sich um und begutachtet die Bühne. Dabei stellt er zu seiner Überraschung fest, dass es auf sowie neben der Bühne extrem unordentlich ist. Den nächsten Gedanken spricht er laut aus: „Ich finde, hier sollten wir einmal neue Vorhänge aufhängen. Die hier sind ja so hässlich!". Plötzlich hört er von der Mitte des Raumes ein Prusten sowie lautes Gelächter. Julie und Aaron trennen sich und krümmen sich vor Lachen, wodurch im selben Moment Miguel und Rose ebenfalls in lautes Gelächter ausbrechen. Erstaunt dreht Ryan sich um. Zu guter Letzt schließen sich auch noch Eddie und Lucas der allgemeinen Erheiterung an. Ryan braucht eine Sekunde, um zu begreifen, dass er den letzten Satz laut ausgesprochen hat. Beleidigt ruft er den anderen zu: „Was denn? Stimmt doch, oder?" Nachdem die anderen hierdurch noch lauter werden, lacht Ryan einfach mit.

Mir tut mein Bauch schon weh vor lauter Lachen. So viel Sinn für Ordnung hätte ich Ryan gar nicht zugetraut. Eddie steht auf und meldet sich als erster wieder zu Wort: „Gut, die Pause ist vorbei. Dann wollen wir mal wieder." Während er an Ryan vorbei geht, grinst er ihn scherzhaft an: „Und wegen der Vorhänge – da können wir ja mal sehen, was sich machen lässt".

Nach Abschluss der Proben verabreden wir uns, noch eine Pizza essen zu gehen, wofür wir ins Zentrum von Tunbridge Wells fahren. In der gemütlichen Pizzeria setze ich mich neben Aaron, Rose neben Miguel. Gegenüber von uns sitzen Lucas, Eddie und Ryan. Es wird noch ein lustiger Abend und meine Wut auf Lucas ist zwischenzeitlich vollständig verraucht. Ich beschließe, dass er für heute genug gelitten hat und weiche weiteren Versuchen Aarons, mich zu küssen, aus. Zum Schluss stoßen wir noch auf den morgigen Tag an und hoffen auf einen guten Drehbeginn. Gegen zehn Uhr fahren wir alle nach Hause.

Nachdem Rose und ich uns umgezogen haben, gehe ich noch einmal kurz in die Küche, um mir etwas zu trinken zu holen. Ich nehme die Saftflasche aus dem Kühlschrank und schenke mir ein Glas ein.

Im selben Augenblick betritt Lucas die Küche. Auch er holt sich ein Glas aus dem Schrank. „Bekomme ich auch einen Schluck?", fragt er abwägend. Nachdem ich sein Glas gefüllt habe, hält Lucas mich am Arm fest. „Hast du das heute mit Absicht gemacht?", will er auffordernd wissen.

„Was?"

„Mit Aaron vor mir so extrem rumzuknutschen."

„Warum? Wie kommst du darauf?", bringe ich mühsam hervor.

„Weil die letzten Tage höchstens ein kleiner Kuss zwischen euch zu sehen war. Heute hast du dich jedoch regelrecht an ihn rangeschmissen."

Gleichgültig versuche ich zu erklären: „Ich bin doch mit ihm zusammen, das hast du selbst gesagt. Du warst doch auch die ganze Nacht bei Isabel".

Lucas reißt seine Augen ungläubig auf. „War das etwa ein Rachezug von dir? Weil ich bei Bel war? Findest du das fair?"

„FAIR?", platzt es laut aus mir heraus. „Was ist schon fair? Ist es etwa fair, dass ich nur noch an dich denken kann, aber du mit Isabel zusammen bist? Ist es fair, dass Aaron sich in mich verliebt hat, ich ihn aber nur als guten Freund haben will? Und ist es vielleicht fair, dass du nichts mit mir zu tun haben willst, weil du überzeugt bist, dass es eh nicht gut geht?" Schlagartig steigen mir die Tränen in die Augen.

Lucas schaut mich liebevoll an und legt behutsam seine Hand auf meinen Rücken. Langsam zieht er mich zu sich heran, bis ich seine harten Brustmuskeln an meinem Körper spüre. Meine Knie werden weich, unsere Blicke treffen sich. Er riecht so gut! Wie in Zeitlupe beugt er sich zu mir herunter und küsst mich. Dabei legt er auch seine zweite Hand auf meinen Rücken, streicht mir leicht darüber. Ohne Gegenwehr lege ich meine Arme um seinen Hals und vergrabe eine Hand in seinen Haaren. Sein Mund öffnet sich ein Stück, bis ich seiner Zunge mit meiner entgegen komme. Der leidenschaftliche Kuss raubt mir fast den Atem. Lucas drängt seinen Körper dichter an mich heran und schiebt mich dabei leicht auf den Tisch.

Völlig unerwartet, wie könnte es anders sein, steht Rose in der Tür. „Oh, sorry! Ich wollte nicht stören." Lucas lässt augenblicklich von mir ab. Im selben

Moment springt die Haustür auf. David und Liz kommen mit den Zwillingen auf den Armen von ihrem Ausflug zurück.

„Hallo ihr drei! Die Mädchen sind im Auto eingeschlafen. Wir bringen sie gleich ins Bett", sagt Liz kurz und folgt David die Treppe hinauf.

Bedauernd schaue ich zu Lucas. Der magische Moment ist zerstört. In dieser Sekunde wissen wir beide, dass der Kuss einmalig war. „Gute Nacht", sage ich leise.

„Gute Nacht, schlaf gut", antwortet er mit einem leichten Lächeln auf seinen Lippen.

Nachdem Rose und ich unser Zimmer betreten haben, fallen wir beide mit verwirrten, aber auch verliebten Gedanken ins Bett.

„Julie, ich denke er wollte dich nicht mehr küssen?", fragt Rose überrascht.

„Ja, das dachte ich auch, aber irgendwie ist es passiert", antworte ich sehnsüchtig.

„Wenn du verliebt bist, dann bist du verliebt. Das lässt sich nicht ändern", sagt sie theatralisch. Ich drehe mich zur Seite und schlafe wenig später mit einem Lächeln im Gesicht ein.

Kapitel 23

Heute ist der große Tag des Videodrehs. Aufgeregt schwinge ich mich aus dem Bett und steige unter die Dusche. Als ich, lediglich mit meinem Handtuch bekleidet, aus dem Bad komme, steht mir plötzlich Lucas gegenüber. „Guten Morgen", strahle ich ihn überrascht an.

Leicht verlegen mustert er mich von oben bis unten. „Guten Morgen, bist du schon aufgeregt?", fragt er mich.

„Ein bisschen, aber ich freue mich auf den Dreh", antworte ich wahrheitsgemäß. Im nächsten Moment verschwindet er im Bad, während ich in mein Zimmer gehe.

Mittlerweile ist auch Rose aufgewacht und steht verzweifelt vor ihrem offenen Koffer. „Ich finde mein Top nicht!", jammert sie aufgeregt.

„Welches Top?"

„Das hellblaue mit den Verzierungen am Bündchen", antwortet sie verzweifelt.

„Dann zieh eben ein anderes an", schlage ich beruhigend vor.

„Das geht aber nicht! Ich brauche genau dieses Top; weil nur das zu der Hose passt" entgegnet sie weinerlich. Resignierend verdrehe ich die Augen, während ich mich meinem Kleiderschrank zuwende.

Nachdem wir gefrühstückt haben und Rose doch noch ein passendes Top gefunden hat, klingelt es an der Haustür. Lucas öffnet und wird umgehend mit einem Kuss von Isabel begrüßt. Anschließend begrüßt sie auch uns mit einem freundlichen Lächeln.

„Fährst du gar nicht direkt zum Hyde Park?" will ich verwundert wissen.

„Ich dachte, ich könnte euch abholen, dann können wir alle mit einem Auto hinfahren", antwortet sie gutgelaunt.

Gemeinsam verlassen wir das Haus und steigen in Isabels Ford Kuga ein.

Während der Fahrt herrscht eine ausgelassene Stimmung. Wir unterhalten uns über die Vorkommnisse am Freitagabend und berichten Isabel von Ryans Meinung zu den Vorhängen im Theater. Als gäbe es keine anderen Probleme, lachen und albern wir herum.

Endlich am Hyde Park angekommen, fährt Isabel auf einen abgesperrten Parkplatz. Der kurze Fußmarsch führt uns durch eine Baumgruppe hindurch, bis wir schließlich das eigentliche Drehgelände erreichen. Schlagartig bleiben Rose und ich stehen. Was wir hier sehen übersteigt unsere Vorstellungen bei weitem.

Kapitel 24

Eine große Wiese liegt vor uns, ringsum abgegrenzt mit rot-weißem Absperrband. Innerhalb dieses Geländes befinden sich acht Wohnmobile, drei Lieferwagen, etwa dreißig Personen, Kameras, Scheinwerfer, Mikrofone, riesige Boxen, Klappstühle und große Schirme, wie man sie vom Fotostudio kennt.

„Braucht man das alles für einen Dreh?", frage ich erstaunt.

Lächelnd antwortet Isabel: „Ich glaube, es sind sogar noch nicht mal alle Leute da, die mitwirken".

Lucas dreht sich grinsend zu uns um. „Willkommen bei deinem ersten Videodreh!". Zuvorkommend hebt er das Absperrband hoch, damit wir durchgehen können. Staunend trotten wir hinter Lucas her, der zielstrebig auf einen Mann mit einem schlappen Sommerhut zusteuert.

„Hallo Pete", ruft er ihm von Weitem zu.

Ruckartig dreht der Mann sich um und strahlt uns entgegen: „Hey Lucas! Schön dass du auch schon da bist". Nachdem Lucas uns vorgestellt hat, klärt er uns auf, dass Pete der Regisseur sei.

„Hier machen alle was Pete sagt", stellt er grinsend fest.

Der Regisseur schüttelt beschwichtigend den Kopf. „So schlimm ist es auch nicht! Lasst euch nicht verschrecken!". Pete ist mir auf Anhieb sympathisch, so dass meine Anspannung etwas nachlässt.

Plötzlich höre ich Rose rufen: „Miguel!" Im nächsten Moment läuft sie auf eines der Wohnmobile zu. Miguel, der gerade das Fahrzeug verlässt, erkennt Rose und läuft auf sie zu. Sehnsüchtig fallen sie sich in die Arme und küssen sich, wie es eben Verliebte tun.

„Lucas, du musst noch in die Maske", sagt Pete geschäftsmäßig. Kurz darauf verschwindet Lucas in einem der Wohnmobile.

Während Isabel und ich über die Wiese schlendern, frage ich sie neugierig aus. „Wofür sind so viele Wohnmobile nötig? In einem ist die Maske, wo die Jungs geschminkt werden, das habe ich gerade gesehen, aber die anderen sieben?"

Lächelnd klärt sie mich auf. „Das ist wirklich unglaublich, was alles nötig ist, damit so ein Videodreh stattfinden kann. Drei Wohnmobile sind für die Maske, zwei für das Catering und die restlichen drei als Aufenthaltsort für die Crew und die Darsteller, wenn sie gerade nicht drehen müssen. In den Lieferwagen dort drüben befindet sich das ganze Equipment. Also Kameras, Lichter, Schirme, Boxen und noch einige andere Dinge. Da werden eine Menge Leute beschäftigt."

Fassungslos betrachte ich das Aufgebot an Fahrzeugen. „Das habe ich mir alles viel einfacher vorgestellt", gebe ich zu. „Und die Absperrung?", frage ich Isabel.

Sie zeigt hinter die aufgestellten Wohnmobile. „Da stehen die ganzen Fans und Schaulustigen. Die kann man nur mit einem Absperrband aufhalten, sonst würden die hier überall herumlaufen."

Auf einmal höre ich laute Rufe: „Eddie, Eddie", gefolgt von einem lauten Kreischen aus einer Gruppe von etwa zehn Mädchen. Sofort erinnere ich mich wieder an die Situation vor dem London Eye und bekomme Gänsehaut.

„Das gehört leider auch dazu", erklärt Isabel, während der Lockenkopf auf uns zusteuert.

„Hallo Julie, hallo Bel", ruft Eddie uns zu. „Ist Lucas schon drin?", will er von Isabel wissen.

„Ja, und du sollst, glaube ich, auch gleich reingehen", antwortet sie ihm. Gutgelaunt dreht er auf dem Absatz um und betritt wenig später das Wohnmobil, in welchem sich Lucas bereits befindet.

Mit schnellen Schritten kommt Pete auf mich zu. „Julie, du kannst auch schon in die Maske! In der ersten Szene drehen wir gleich *Kiss me forever*. Geh in Wagen 3!". Verwundert schaue ich mich um und erkenne erst jetzt, dass die einzelnen Wohnmobile mit Ziffern von 1 – 8 beschriftet sind. Nervös steige ich in den mir zugeteilten Wagen und treffe dort auf eine junge Frau, die mich freundlich anlächelt: „Hallo, bist du Julie? Ich warte schon auf dich. Setz dich hier hin. Ich bin übrigens Katy, die Make-up-Artistin."

Etwas beruhigt lehne ich mich im Stuhl zurück. Die nächste halbe Stunde werde ich geschminkt, gepudert und meine Haare werden aufgedreht. Zu guter Letzt zeigt Katy auf einen Kleiderständer voller Kostüme.

Staunend sowie mit großen Augen frage ich: „Sind die alle für mich?"

Belustigt lächelt Katy mich an: „Klar, du kannst dir welche aussuchen."

Völlig überfordert schiebe ich die einzelnen Kleiderbügel zur Seite, um mir die beeindruckenden Kleider anzusehen. Nachdem Katy meine Unschlüssigkeit bemerkt, berät sie mich hilfsbereit, welches Outfit zu welchem Tanz passt. Aufgeregt schlüpfe ich in das erste Kostüm - ein rotes kurzes Kleid mit vielen Pailletten, eng anliegend und sehr figurbetont. Unsicher stehe ich vor dem Spiegel. „Ist das nicht zu kurz und zu eng?", wende ich mich hilfesuchend an Katy.

Mit ihrem bezaubernden Lächeln entgegnet sie: „Auf keinen Fall! Das gehört so, vertrau mir, du siehst toll aus!". Mit diesen Worten schiebt sie mich leicht in

Richtung Tür und öffnet diese. Mit feuchten Händen und leicht zitternden Knien steige ich die zwei Stufen hinab und schaue mich um. Ich entdecke Pete, der sich gerade mit den Jungs unterhält und steuere langsam auf die Gruppe zu.

Der Regisseur entdeckt mich zuerst. „Da ist ja endlich Julie! Dann kann es jetzt ja losgehen!".

Fast gleichzeitig drehen sich die fünf Jungs um und schauen mich an. Lucas fällt seine Kinnlade leicht nach unten, während Aaron seine Augen aufreißt.

Eddie findet als erster seine Sprache wieder: „Wow! Wo hast du die ganze Zeit diesen Körper versteckt?" Augenblicklich spüre ich, wie ich rot werde und blicke schüchtern zu Boden. Da taucht Rose hinter Miguel auf und entspannt die Situation mit ihren Worten. „Jungs, vergesst bitte bei diesem Anblick nicht eure Tanzschritte! Es geht schließlich um euer Video!" Dabei wirft sie Miguel einen mahnenden Blick zu.

Dieser zieht Rose jedoch sofort in seine Arme, um sie zu küssen. „Ich habe nur Augen für dich", flüstert er ihr zu.

Gemeinsam mit den fünf Bandmitgliedern gehe ich auf die Wiese zu, welche als Bühne dient. Rose setzt sich neben Isabel auf einen der Stühle. Als die Fans die Jungs erkennen, fangen sie sofort an zu kreischen. Unsicher schaue ich zu Aaron. „Geht das jetzt den ganzen Tag so mit den Fans?".

Er nickt leicht und meint: „Wahrscheinlich schon. Aber Julie, das gehört dazu, ohne die Fans wären wir nicht das, was wir sind. Die Fans sind das Wichtigste für uns." Dabei dreht er sich um und winkt den Mädchen hinter der Absperrung zu. Diese danken ihm die Aufmerksamkeit mit lautem Gekreische.

Pete erklärt uns, wie wir uns aufstellen sollen und wie wir beginnen. Anschließend setzt er sich auf seinen Stuhl. Drei Kameraleute positionieren sich vor uns und die Leute mit dem Licht nehmen die richtige Stellung ein.

„Action!", ruft Pete laut. Im nächsten Augenblick dröhnt aus den großen Boxen, die einige Meter von uns entfernt stehen laut die Musik von *Kiss me forever*. Der Videodreh beginnt und meine Aufregung nimmt mit jedem Schritt, den ich tanze, ab. Wir müssen diesen Tanz insgesamt viermal wiederholen, weil aus verschiedenen Kameraperspektiven gedreht und am Schluss alles zu einem Video zusammen geschnitten wird.

Schließlich ist endlich die erste Pause und wir teilen uns zum Essen in die beiden Catering-Wohnwägen auf. Aaron belädt seinen Teller dermaßen voll, dass ich mich wundere, wie er mit einem so vollen Magen anschließend noch tanzen kann.

Nach der Pause müssen wir alle wieder in die Maske und ich bekomme ein neues Kostüm für das Lied *winter dreams*. Jetzt trage ich ein trägerloses knielanges Kleid, das oben eng geschnitten ist und nach unten hin weit ausläuft. Vorne geht es bis ans Knie und hinten wird es etwas länger. Das Kleid ist in einem zarten Rosa. Erneut treffen wir uns auf der provisorischen Bühne und stellen uns auf. Die Musik beginnt und ich führe meine Tanzschritte aus, wie wir es geprobt haben. Es ist das ruhigste Lied von allen und für mich auch der romantischste Tanz. Nachdem ich mit Ryan, Aaron, Miguel und Eddie getanzt habe, komme ich zu Lucas. Ich erinnere mich wieder an die Situation bei der Probe und mir schießen plötzlich die Bilder von gestern in der Küche ins Gedächtnis. Ich berühre seine Hand, er dreht mich ein und wir stehen uns ganz dicht gegenüber. Plötzlich habe ich Panik, wieder einen Blackout zu bekommen und schon passiert es. Ich rieche sein Parfum, es kribbelt in meinem Bauch und ich bleibe eine Sekunde zu lange vor ihm stehen. Er gibt mir zwar den Impuls zum Ausdrehen, aber meine Füße reagieren einfach nicht rechtzeitig. So stehe ich immer noch bei Lucas im Arm, als von hinten Petes lauter Schrei zu hören ist: „Cut!".

Verlegen drehe ich mich zu Pete um, der auf uns zugelaufen kommt. „Julie, was ist los? Du hast den Einsatz verpasst!."

„Sorry", bringe ich leise hervor.

Pete jedoch lächelt mich lediglich an und meint nun etwas freundlicher: „Schon gut, kann ja mal vorkommen. Jetzt konzentriert euch und fangt noch einmal an. Und Julie, du musst Lucas dann auch wieder loslassen", zwinkert er mir zu, während er in Richtung unserer Hände schaut. Mein Blick fällt nach unten und ich bemerke erst jetzt, dass Lucas und ich uns immer noch an den Händen halten. Schnell lassen wir uns los und stellen uns erneut auf.

Zur gleichen Zeit bei den Stühlen:

Rose und Isabel sitzen nebeneinander, als die Musik beginnt. Gespannt beobachtet Rose jeden von Miguels Schritten, auch wenn dieser gerade keinen besonderen Part hat. Isabels Aufmerksamkeit gilt dagegen genau der Situation, als Julie zu Lucas kommt und ihm die Hand reicht. Julie dreht sich ein und steht vor ihm. Obwohl es nur eine Verzögerung von einer Sekunde ist, bemerkt Isabel sofort, dass es zwischen den beiden funkt. Da ertönt auch schon Petes „Cut!". Isabel beobachtet Julie und Lucas, wie sie langsam auseinander gehen, sich jedoch immer noch an den Händen halten. In diesem Moment wird ihr so einiges klar. Augenblicklich verliert sie etwas Farbe im Gesicht. Ihr fallen verschiedene Situationen ein, die sie jetzt, nachdem sie einen Verdacht hat, anders sieht als damals. Die erste Probe - als Lucas zu Julie gerannt ist, nachdem sie gestürzt ist. Der intensive Augenkontakt zwischen Julie und Lucas im London Eye. Das außergewöhnliche Verhalten von ihrem Freund, als er sie am Freitagabend nach Hause gefahren hat und zuerst nicht bei ihr bleiben wollte. Isabel ist so tief in Gedanken versunken, dass sie erst beim zweiten Mal bemerkt, dass Rose sie angesprochen hat.

„Sorry, was hast du gesagt?", fragt sie entschuldigend.

„Ich sagte, typisch Julie, dass ihr das jedes Mal bei Lucas passiert."

Fragend bohrt sich Isabels Blick auf Rose. „Jedes Mal? Hatte sie schon öfters einen Aussetzer bei Lucas?".

Rose merkt plötzlich, dass sie sich verplappert hat und druckst herum. „Äh, na ja ...".

„Sag schon Rose, wann war es noch?"

„Gestern bei den Proben, da ist sie auch bei Lucas hängen geblieben und hat den Einsatz verpasst", gibt Rose kleinlaut zu. Isabel erwidert nichts darauf, sondern schaut in Gedanken versunken zu der Gruppe auf der Bühne. Dabei steigen ihr langsam Tränen in die Augen.

Die nächsten Wiederholungen des Tanzes klappen ohne Unterbrechung und so ist auch dieses Lied schnell abgedreht. Danach gibt es erneut eine kurze Pause, während der sich alle Beteiligten in die verschiedenen Wohnmobile verteilen. Nachdem Isabel aufgestanden und in Wagen 1 gegangen ist, setze ich mich neben Rose.

„Wie hat es dir bisher gefallen?", will ich neugierig von ihr wissen.

Begeistert antwortet sie: „Das ist so aufregend, hast du gesehen wie toll Miguel getanzt hat?"

„Klar, und die anderen und ich hoffentlich auch?"

„Ja sicher, so habe ich das doch nicht gemeint".

Plötzlich steht Aaron, mit einem vollen Teller mit Salat und mehreren Burgern, vor mir.

Entsetzt starre ich ihn an: „Aaron, wie kannst du noch tanzen, wenn du das alles isst?"

Beiläufig zuckt er die Schultern und entgegnet: „Ich habe eben immer Hunger, wenn ich mich viel bewege". Er setzt sich neben mich und beißt genüsslich in einen seiner Burger.

Nach der Pause führt mich mein Weg erneut in die Maske und zum Kostümwechsel. Jetzt darf ich, zum schnellsten Tanz an diesem Drehtag, in eine weiße sexy Hotpants schlüpfen und dazu ein goldenes bauchfreies Oberteil tragen.

Wir stellen uns auf und die Musik zu *bad words* beginnt. Meine Drehung gelingt mir jedes Mal perfekt und nach viermaliger Wiederholung sind wir auch mit diesem letzten Tanz fertig.

Mittlerweile ist es Abend geworden und die Erschöpfung zeigt sich in jedem einzelnen Gesicht. Die einzigen, die anscheinend niemals müde werden, sind die Fans. Sie kreischen und rufen unaufhaltsam die Namen der Jungs. Während der Aufnahmen hatten Pete und seine Crew des Öfteren Probleme, die Fans ruhig zu halten, was erst nach mehrmaligem Ermahnen geklappt hat.

Isabel, Lucas, Eddie und ich gehen voraus zu den Autos. Rose und Miguel folgen uns mit Aaron. Dieser sieht überhaupt nicht gut aus, er ist ganz weiß im Gesicht. Besorgt gehe ich zu ihm: „Du bist ganz blass, geht's dir nicht gut?"

Leidend verzieht er den Mund: „Ich glaube, ich habe was Schlechtes gegessen, mir ist so übel!"

Miguel legt fürsorglich den Arm um Aaron. „Kein Wunder, was du alles verschlungen hast! Da wäre mir auch schlecht". Anschließend wendet er sich an mich: „Keine Sorge Julie, ich bringe ihn erst Mal nach Hause und dann komme ich noch bei euch vorbei".

Verliebt zwinkert er Rose zu, bevor er mit Aaron im Arm abdreht und zu seinem Auto geht.

Rose, ich und Lucas steigen zu Isabel ins Auto und fahren nach Hause.

Als wir vor der Haustür anhalten, bemerke ich, dass Isabel den Motor ausschaltet und ebenfalls aussteigt. Bleibt sie heute Nacht etwa bei Lucas? Wie soll ich da im Nebenzimmer ruhig in meinem Bett schlafen?

Kapitel 25

Lucas und Isabel gehen wortlos die Treppe hinauf.
„Gute Nacht", rufe ich den beiden hinterher.

Lucas dreht sich um. „Gute Nacht", erwidert er leise, was sich allerdings nicht sehr erfreut anhört, sondern eher etwas beklemmt.

Liz und David kommen uns aus dem Wohnzimmer entgegen, wünschen uns ebenfalls eine gute Nacht und ziehen sie anschließend in ihr Schlafzimmer zurück.

Ich setze mich neben Rose aufs Sofa und schalte den Fernseher an. Genüsslich strecke ich mich aus, meine Füße schmerzen und ich fühle mich ziemlich ausgelaugt.

„Julie, Miguel kommt nachher noch vorbei. Ist das in Ordnung für dich, wenn du ein bisschen hier unten bleibst?"

Skeptisch betrachte ich Rose von der Seite. „Ja, wenn es für dich auch in Ordnung ist. Aber bitte überlege vorher, ob du es auch tun willst."

Rose wendet still ihren Blick ab. Kurze Zeit später klingelt es an der Tür. Sofort springt Rose auf, öffnet die Haustür und fällt Miguel um den Hals. Eng umschlungen verschwinden die beiden einen Moment später in meinem Zimmer.

Alleine liege ich auf dem Sofa, während eine Comedy-Serie läuft, deren Inhalt ich jedoch nicht folgen kann, da meine Gedanken einen Stock höher bei Lucas und Isabel sind. Was machen die jetzt wohl gerade? Liegen sie engumschlungen auf dem Bett? Ziehen sie sich aus und küssen sich innig? Schnell schüttle ich den Kopf, um die Gedanken zu vertreiben, was mir aber nicht wirklich gelingt. Ständig erscheint Lucas vor meinen Augen, mal mit mir und dann plötzlich mit Isabel. Mein Herz schmerzt bei diesen Gedanken, so dass ich beschließe, besser schlafen zu gehen. Plötzlich fällt mir ein, dass ich nicht in mein Zimmer kann, da Rose mit Miguel sicher ungestört sein will.

Zur gleichen Zeit einen Stock höher:

Isabel beobachtet Lucas, wie er umständlich seine Wäsche aufräumt, Gegenstände verstellt oder sich anderweitig versucht zu beschäftigen. Sie weiß, warum er nicht zu ihr kommen will, sondern sich fern hält. Sie atmet einmal tief durch und spricht ihn an:
„Lucas, was ist los mit dir?"
„Was soll denn los sein?"

„Das ist das erste Mal, dass ich bei dir zu Hause bin und du lieber deine Wäsche aufräumst, als mit mir kuschelnd auf dem Bett zu liegen und mich zu küssen."

„Mich stört die Unordnung einfach. Warte noch einen Moment".

Beunruhigt steht Isabel auf. Sie packt ihn am Arm und dreht ihn zu sich um.

„Nein, ich warte nicht mehr! Sag mir endlich was los ist!"

Während er ihr in die Augen blickt, überlegt er ernsthaft, was er ihr erzählen soll. Isabel kommt ihm jedoch zuvor und spricht ihn direkt auf ihre Vermutung an.

„Ich habe etwas länger gebraucht, um es zu erkennen, aber heute ist es mir plötzlich wie Schuppen von den Augen gefallen. Ich glaube du hast dich in Julie verliebt und sie sich in dich."

„Wie kommst du darauf?", gibt sich Lucas überrascht.

„Ich kann eins und eins zusammenzählen. Außerdem gab es einige Anzeichen, die ich allerdings erst jetzt richtig deuten kann. Nachdem mir dann auch noch Rose heute erzählt hat, dass Julie gestern bei der Probe den gleichen Aussetzer hatte und zwar auch bei dir, ist mir auf einmal einiges klar geworden. Du distanzierst dich von mir , willst nicht mehr bei mir übernachten,…"

„Ich habe doch voriges Mal bei dir übernachtet", unterbricht Lucas sie barsch.

„Ja, aber erst, nachdem ich dich überredet habe!"

Verzweifelt lässt Lucas die Schultern hängen und sinkt auf sein Bett. Isabel setzt sich neben ihn und schaut ihm liebevoll in die Augen. „Erzähl! Ist es dir wirklich ernst mit ihr?"

„Ich weiß es doch nicht, Bel. Ich weiß nur, dass ich total verwirrt bin, wenn sie in meiner Nähe ist."

„Dann sollten wir uns vielleicht besser trennen?"

„Nein, bitte nicht! Ich bin wirklich gerne mit dir zusammen und wir hatten bisher eine so schöne Zeit! Ich möchte das alles nicht verlieren, Bel!"

„Du kannst aber nicht zweigleisig fahren. Das ist weder mir noch Julie gegenüber fair. Lucas, ich liebe dich unheimlich und ich will mit dir zusammen sein, aber es zerreißt mir das Herz, wenn ich weiß, dass du dabei nur an sie denkst." Nach einer kurzen Pause ergänzt sie: „Ich gehe jetzt besser".

Bestimmt steht Isabel auf und geht zur Tür. Lucas folgt ihr schweigend die Treppe hinunter.

Als ich meinen aufwühlenden Gedanken so nachhänge höre ich plötzlich, wie sich im Obergeschoss eine Tür öffnet. Ich richte meinen Blick zur Treppe und bemerke, wie zwei Personen schweigend die Stufen hinuntergehen. Erst, als sie unten ankommen erkenne ich, dass es sich um Lucas und Isabel handelt. Neugierig schaue ich ihnen hinterher.

„Gute Nacht Julie", ruft Isabel mir zu, bevor sie durch die Haustüre verschwindet.

Lucas steht reglos vor der geschlossenen Tür. Ich überlege, was zwischen den beiden passiert sein kann, dass er so niedergeschlagen wirkt. Vorsichtig spreche ich ihn an. „Lucas, willst du reden?" Traurig schaut er mich an und zuckt mit den Schultern. Langsam kommt er zu mir und setzt sich neben mich auf das Sofa. „Was ist passiert?", hake ich leise nach.

Niedergeschlagen schaut er mir in die Augen, während er leise erzählt: „Isabel hat mich vor die Wahl gestellt. Sie oder du." Fassungslos reiße ich meine Augen auf. Wie kommt Isabel darauf? Fragend schaue ich ihn an, bis er mich über das gesamte Gespräch aufklärt.

Entsetzt lehne ich mich auf dem Sofa zurück. „Oh mein Gott! Und jetzt?", will ich unsicher wissen.

„Ich weiß es nicht! Ich kann zu Zeit nur an dich denken, aber wenn ich bei Isabel bin, wird mir warm ums Herz. Ich hatte eine schöne Zeit mit ihr, die ich nicht missen will."

„Liebst du sie noch?", frage ich neugierig, obwohl ich mich vor der Antwort fürchte.

Er zuckt die Schultern und erwidert beiläufig: „Was ist schon Liebe?"

Was Liebe ist? Zu diesem Thema könnte ich ihm einiges erzählen. Meine Gedanken schweifen ab:

…Liebe ist, weiche Knie zu bekommen, Herzrasen, feuchte Hände und ein Kribbeln im ganzen Körper, wie tausend Ameisen.

…Liebe ist, nicht mehr klar denken zu können, nicht schlafen zu können, nicht essen zu können.

Und vorallem …ist Liebe, wenn man immer nur an denjenigen denkt und ständig mit ihm zusammen sein will.

Aber nichts davon spreche ich laut aus. Stattdessen frage ich: „Und wann willst du dich entscheiden?"

Seine traurige Antwort klammert sich um mein Herz. „Julie, ich kann es nicht. Ich weiß auch nicht wann und wie ich mich entscheiden kann." Behutsam legt er seine Hand auf mein Knie und streichelt es sanft. „Ich geh jetzt besser", sagt er schnell. Abrupt lege ich meine Hand auf seinem, um ihn zurückzuhalten.

„Nein! Bitte geht jetzt nicht!", flehe ich. Die Berührung auf meinem Knie löst in mir eine Wärme aus, die sich durch die Beine nach oben bis in den Bauch zieht. Langsam bewege ich mich auf ihn zu, um ihn zu küssen. In diesem Moment höre ich, wie Rose und Miguel die Treppe herunter kommen. Lächelnd steht Lucas auf. Mit einem freundlichen Kuss auf meine Stirn verabschiedet er sich. „Schlaf gut". Anschließend geht er an Miguel und Rose vorbei, wünscht beiden eine gute Nacht und läuft die Treppe nach oben.

Rose bringt Miguel an die Tür und küsst ihn zum Abschied noch einmal leidenschaftlich. Miguel winkt mir kurz zu, bevor er zur Tür hinaus huscht. Während Rose und ich ohne Hast die Treppe hinaufsteigen, frage ich sie: „Wie hast du es denn geschafft, dass er jetzt schon geht und trotzdem noch so gut gelaunt ist?".

Im Zimmer angekommen schließt sie die Tür hinter uns und erzählt verträumt von ihrem Gespräch mit Miguel. „Es war so schön, Julie und er ist so verständnisvoll! Wir haben uns geküsst und ich lag in seinen Armen. Aber als er dann mehr wollte habe ich ihm gesagt, dass mir das zu schnell geht und ich noch warten möchte. Er hat mich nur kurz verdutzt angesehen und dann gelächelt. Er meinte, er finde es gut, wenn ein Mädchen nicht gleich mit einem Jungen ins Bett hüpft. Er ist bereit zu warten, bis ich so weit bin." Dabei schaut sie mich an, als hätte sie Engel gesehen.

Einen Moment später ändert sich jedoch ihr Blick. Unsicher fragt sie mich: „Warum bist du eigentlich mit Lucas im Wohnzimmer gesessen? Wo ist Isabel?"

Nachdem ich ihr eine Kurzform er Ereignisse geschildert habe, verzieht sie plötzlich schuldbewusst ihren Mund.

„Was ist los! Rose? Hast du etwas damit zu tun? Hast du Isabel auf die Idee gebracht, Lucas könne was von mir wollen?"

„Naja, nicht wirklich. Ich habe heute zufällig erwähnt, dass du gestern bei den Proben an der selben Stelle bei Lucas hängen geblieben bist."

„Rose! Wie konntest du nur?", rufe ich wütend aus. Nachdem mein spontaner Ärger verflogen ist, ergänze ich etwas ruhiger: „Aber das allein kann nicht der Grund gewesen sein."

„Was meinst du, wie Lucas sich entscheidet?", will sie neugierig wissen.

„Ich weiß es nicht, aber ich hoffe für mich. Obwohl mir Isabel dann leid tut, denn sie ist echt nett."

Ernst wirft Rose ein: „Vergiss bitte nicht, dass Aaron auch noch nichts davon weiß und er glaubt, dass er mit dir zusammen ist."

„Ja, Aaron, … ich muss es ihm unbedingt bald erklären", flüstere ich nachdenklich.

Kapitel 26

Lucas geht auf die alte Eisentür zu und öffnet sie. Er tritt ein und sieht, dass die Bühne hell erleuchtet ist. Langsam geht er auf die Bühne zu, auf welcher zwei Stühle stehen. Auf jedem sitzt ein Mädchen. Links sitzt Julie und rechts, etwa sechs Meter entfernt, sitzt Isabel. Sie sind an Händen und Beinen gefesselt. Vor jedem der Mädchen befindet sich, am Boden stehend, ein kleiner schwarzer Kasten. In der Mitte der Bühne steht ein Tonbandgerät, davor ein Zettel mit der Aufschrift: „Spiel mich ab!" Lucas zögert, weiß jedoch, dass er das Tonband abspielen muss, wenn er verhindern will, dass die Mädchen sterben. Er drückt auf den Startknopf. Eine verzerrte Stimme ertönt:

„Du musst dich entscheiden! Du kannst eines der beiden Mädchen retten, indem du ihr die Fesseln löst und die Sprengkapsel entfernst. Jedoch wird genau in diesem Moment die andere Sprengkapsel ausgelöst und das zweite Mädchen stirbt! Überlege genau, wen du retten willst!"

„Was ist denn das für ein Blödsinn?", schreit Lucas verwirrt. „Ich kann doch nicht eine von beiden sterben lassen". Er bückt sich und erkennt direkt unter den Sitzflächen der beiden Stühle jeweils ein Paket mit einer Sprengladung. Von jedem Paket gehen drei Drähte ab zu einem Zündmechanismus, dem schwarzen Kästchen. Lucas steht auf und schaut verzweifelt zu den beiden Mädchen.

Julie meldet sich zuerst zu Wort: „Lucas rette Isabel! Du bist seit zwei Jahren mit ihr zusammen. Mit ihr verbindet dich viel mehr als mit mir."

Lucas schüttelt ängstlich den Kopf.

Jetzt ruft Isabel: „Nein Lucas, rette Julie! Du liebst sie mehr als mich. Wir hatten unsere schöne Zeit, jetzt ist sie an der Reihe!"

Lucas schaut Isabel verständnislos an und schüttelt erneut den Kopf. Er fasst sich mit beiden Händen in die Haare und schließt die Augen. *Ich kann das nicht entscheiden!* Plötzlich fangen die schwarzen Kästchen an zu piepsen. Eine rot leuchtende Digitalanzeige zählt von dreißig im Sekundentakt rückwärts. Ihm ist bewusst, dass ihm nicht mehr viel Zeit bleibt.

Er blickt Isabel in die Augen und denkt an die schöne Zeit mit ihr zurück. Er mag sie so gerne, ja er liebt sie sogar, das weiß er. Er will sie nicht verlieren. Dann wendet er sich Julie zu und verliert sich in ihrem Blick. Ihm wird warm ums Herz. Er liebt auch Julie, aber anders als Isabel. Bei Julie hat er das Gefühl selbst nicht mehr leben zu wollen, wenn sie nicht mehr da ist.

Die Zeit verstreicht gnadenlos. Noch zwanzig Sekunden.

„Ich weiß nicht wen von euch beiden ich retten soll. Ich kann das nicht entscheiden!", schreit Lucas panisch aus.

Erneut redet Julie auf ihn ein: „Rette Isabel! Mit ihr hast du eine Zukunft. Sie ist die Öffentlichkeit gewöhnt und sie weiß damit umzugehen. Mit euch klappt es bereits seit zwei Jahren und es wird auch weiterhin gut funktionieren."

Isabel erwidert ruhig: „Entscheide dich für Julie! Gib euch eine Chance! Du kannst nicht wissen, ob es zwischen euch funktioniert, wenn du es nicht versuchst. Sie wird es lernen, mit der Öffentlichkeit umzugehen."

Lucas Blick fällt auf die tickende Uhr. Noch zehn Sekunden.

Mit Tränen in den Augen wechselt sein Blick ruckartig von Julie zu Isabel und zurück. Beide Mädchen flüstern leise aber doch deutlich: „Ich liebe dich Lucas" und schließen ihre Augen.

Mit hämmerndem Herzen und voller Verzweiflung bemerkt er, wie die Uhr runter zählt: Fünf Sekunden, Vier, Drei, Zwei, „Ich liebe dich auch!", ruft er und sieht in diesem Moment Julies Gesicht vor seinen Augen, während ein Feuerball beide Stühle in die Luft schleudert.

Schreiend wacht Lucas auf und schaut sich im Zimmer um. Erst langsam wird ihm klar, dass es ein Traum war. Er fasst sich an die schweißnasse Stirn und atmet laut aus. So einen Albtraum hatte er zuletzt mit sechs Jahren, als ihm zwei Schulkameraden Prügel angedroht hatten.

Er steht auf und geht ins Bad. Nachdem er sich kaltes Wasser ins Gesicht gespritzt hat, betrachtet er sich im Spiegel. Die Haare stehen ihm zu Berge und seine Augen sind deutlich gerötet. Sein Drei-Tage-Bart lässt ihn älter aussehen. Er überlegt, was dieser Traum wohl zu bedeuten hat, weiß jedoch die Antwort bereits. Das Gespräch mit Isabel hat ihn in eine Zwangslage gebracht. Er muss sich entscheiden.

Kapitel 27

Ausgeruht wache ich am nächsten Morgen auf und gehe mit Rose in die Küche. Mit Liz habe ich gestern noch vereinbart, dass ich heute frei haben kann und sie die Mädchen selbst zur Schule bringt. Am Nachmittag werden sie von der Nachbarin abgeholt und bis zum Abend betreut.

„Guten Morgen!", ruft Lucas uns gutgelaunt entgegen. Er hat den Küchentisch bereits gedeckt und es duftet nach frischem Toast. Freudig überrascht setzen Rose und ich uns an den Tisch.

„Wann musst du eigentlich wieder auf Tournee?", frage ich Lucas.

„Morgen und dieses Mal sind wir für zwei Wochen weg. Wir haben einige Konzerte in Amerika." Plötzlich spüre ich, wie die Sehnsucht in mir hoch kriecht. Zwei Wochen! So lange war er noch nie weg, seit ich hier bin.

„Ich fahre nachher Rose zum Flughafen. Wann musst du heute im Hyde Park sein?", erkundige ich mich beiläufig bei Lucas.

„Miguel holt mich in einer Stunde ab. Willst du noch nachkommen?", fragt er hoffnungsvoll. Als Rose Miguels Namen hört, legt sich umgehend ein Lächeln sowie eine freudige Röte auf ihr Gesicht. Traurig muss ich Rose mitteilen: „Wir müssen leider schon in dreißig Minuten los, sonst schaffen wir es nicht mehr". Enttäuscht blickt sie auf ihren Teller.

Unerwartet klingelt es an der Haustür. Ich stehe auf und öffne sie. Ohne große Beachtung schiebt sich Miguel an mir vorbei und stürmt auf Rose zu.

„Miguel!", ruft Rose, springt ihm in die Arme und küsst ihn sehnsüchtig.

„Ich wollte dich unbedingt noch einmal sehen, bevor du abfliegst", erklärt er, bevor er sie erneut küsst.

„Und stell dir vor, ich kann dich noch zum Flughafen begleiten, denn ich habe Pete gefragt, ob es möglich wäre, die Einzelaufnahmen mit mir nach hinten zu verschieben. Die Szenen mit uns allen wurden gestern bereits abgedreht, heute kommen nur noch die einzelnen Nahaufnahmen dran." Rose freut sich so überschwänglich, dass ich fast neidisch werden könnte.

„Ich muss mich nur wieder ein bisschen verkleiden, sonst bekommen wir das gleiche Problem wie am London Eye", wirft Miguel ein. Während Miguel sich notdürftig in Lucas Zimmer maskiert, holen wir den Koffer aus dem Zimmer. Rose verabschiedet sich mit einer kurzen Umarmung von Lucas. Lächelnd flüstert er ihr ins Ohr: „Machs gut

Rose, wir sehen uns hoffentlich bald wieder." Nach einem kurzen Zwinkern zu Miguel fügt er hinzu: „Aber ich denke schon".

Wir steigen in Miguels weißen Lexus ein und fahren zum Flughafen. Mit Tränen in den Augen umarme ich Rose zum Abschied. Auch sie kann ihre Gefühle nicht zurückhalten und schluchzt: „Ich versuche möglichst bald wieder zu kommen".

„Wir skypen einfach ganz viel", versuche ich sie zu trösten.

Ich gehe ein paar Schritte zur Seite, damit Rose und Miguel sich ungestört verabschieden können. Leidenschaftlich küssen und umarmen sie sich, während Rose noch mehr weint als zuvor.

Schließlich winkt sie uns ein letztes Mal zu, bevor sie durch die Sicherheitskontrolle geht.

„Na dann los zum Job", sagt Miguel geschäftsmäßig, womit er seine Traurigkeit überspielen will. Wir gehen zu seinem Auto und fahren in den Hyde Park.

Kapitel 28

Wir parken an der gleichen Stelle wie gestern und gehen durch die Absperrung auf das Gelände. Der Dreh ist in vollem Gange. Wir hören das Lied *kiss me forever* und sehen, dass eine Kamera auf Aaron, eine andere auf Lucas gerichtet ist. Es werden also zwei Nahaufnahmen gleichzeitig gedreht. Miguel verschwindet im Wagen zwei zur Maske, während ich mich auf einen der Stühle setze. Ich beobachte Aaron und Lucas und werde mir schlagartig wieder bewusst, dass ich Aaron über meine Gefühle aufklären muss. Es ist ihm gegenüber nicht fair, ihn im Glauben zu lassen, dass ich mit ihm zusammen bin. Ich überlege mir gerade, wann, wo und wie ich es ihm am besten sage, als die Einstellung zu Ende ist und Aaron auf mich zukommt.

„Hallo Julie", begrüßt er mich lächelnd und gibt mir einen flüchtigen Kuss.

„Bist du schon fertig, oder musst du noch weiterdrehen?", will ich von ihm wissen.

Er erkundigt sich kurz bei Pete wie viele Aufnahmen er noch hat, bevor er mir antwortet: „Ich habe noch drei verschiedene Kameraeinstellungen zu *winter dreams,* danach habe ich eine Pause." Bevor ich noch etwas dazu äußern kann, wird er von Pete bereits wieder in Richtung Bühne gezogen.

Da es mir hier draußen in der Sonne zu heiß wird, gehe ich in einen der Aufenthaltswagen. Ich schaue mich im Wohnmobil um, nehme mir eine Zeitschrift aus dem Regal und setze mich auf die Bank. Plötzlich geht die Tür auf und Lucas kommt herein. „Ach, hier bist du!", sagt er erfreut.

„Warum? Hast du mich etwa gesucht?", kommt meine erstaunte Frage.

„Ja, ich wollte wegen gestern noch einmal mit dir reden".

Nervös lege ich das Magazin zur Seite und schaue ihn erwartungsvoll an. Er setzt sich mir gegenüber, wobei er verlegen mit seinen Händen spielt.

Vorsichtig taste ich mich heran. „Hast du dich schon entschieden?"

Verlegen antwortet er: „Ich weiß es einfach nicht! Ich hatte heute Nacht schon einen Albtraum deswegen. Der war der reinste Horror! Du und Isabel habt gefesselt auf einer Bombe gesessen und ich konnte nur eine von euch beiden retten, die andere wäre auf jeden Fall gestorben".

Erstaunt runzle ich die Stirn, verziehe dabei leicht den Mund. „Das ist ja ein kranker Traum! Wen hast du gerettet?"

Ernst blickt er mich an, dann sagt er ehrlich: „Keine von euch beiden."

„Oh!", entfährt es mir spontan.

Bedrückt erzählt er weiter: „Ihr habt mir beide eure Liebe gestanden und jede hat gesagt, ich soll die andere retten. Kurz bevor die Bomben hochgingen habe ich dein Gesicht vor meinen Augen gesehen. In diesem Moment habe ich bereut, dass ich dich nicht gerettet habe."

Sein ruhiger Blick ruht auf mir. Er erwartet offensichtlich eine Reaktion von mir. „Aber du hast dich nicht für mich entschieden, oder?", stelle ich fest.

„Im Traum nicht", stimmt er leise zu. „Aber hier hatte ich mehr Zeit zum Überlegen". Er nimmt meine Hände in seine und steht auf. Langsam zieht er mich zu sich heran. Erneut kann ich mich nicht dagegen wehren, dass ich weiche Knie bekomme. Seine Hand streicht behutsam meine Haare aus dem Gesicht und bleibt warm auf meiner Wange liegen. Mit seiner Stirn lehnt er sich an meine Stirn; unsere Blicke bleiben aneinander hängen.

„Glaubst du, das zwischen uns könnte funktionieren?", flüstert er.

„Warum nicht?", antworte ich leise. Er dreht seinen Kopf zur Seite und küsst mich zärtlich auf die Lippen. Verlangend umarme ich ihn und ziehe seinen Kopf näher an mich heran. Er schließt seine Arme kräftig um meinen Rücken, während er mich an sich drückt. Der Kuss wird fordernder und immer stürmischer. Lucas schiebt mich leicht nach hinten, so dass ich mich rückwärts auf den Tisch der Sitzgruppe lehne. Vorsichtig beugt er sich über mich. Mit einer Hand stützt er sich auf dem Tisch auf, während die andere Hand unter mein Shirt wandert. Ich habe das Gefühl unter ihm zu zergehen.

Wir hören nicht, wie die Tür geöffnet wird. Erst der folgende laute Schrei reißt uns aus unserer Umarmung. „Lucas!"

Erschrocken dreht Lucas sich um. Vor uns steht Aaron, mit wütendem Blick. Augenblick schießt mir die Erinnerung meines Albtraums ins Gedächtnis.

„Ich habe es doch gewusst, du Schwein!", schreit Aaron und holt spontan mit dem rechten Arm aus. Seine Faust trifft Lucas frontal auf die linke Wange, so dass dieser ein Stück zurück taumelt. Aaron verlässt wutentbrannt das Wohnmobil, während die Tür krachend ins Schloss knallt.

„Lucas, ist alles in Ordnung?", rufe ich besorgt aus. Mir kommen die Tränen, weil ich mich schuldig fühle und mir das alles so Leid tut.

„Es geht schon, aber lauf ihm besser hinterher und erkläre es ihm. Ich denke, das hat er verdient", sagt er schnell.

Ich stürme aus dem Wagen, schaue nach links und rechts, ob ich Aaron finde. Er ist nirgends zu sehen. Ein paar Meter von mir entfernt steht Eddie. Ungeduldig frage ich ihn, ob er Aaron gesehen hat. Er verneint. Ich laufe weiter und treffe auf Miguel - auch er hat Aaron nicht gesehen. Als ich vor Pete stehe, erzählt mir dieser, dass Aaron sich bei ihm abgemeldet habe und in Richtung der Baumgruppe gelaufen sei. Sofort drehe ich um und stürme in die genannte Richtung. Zwischen den Bäumen finde ich ihn dann tatsächlich, wie er an einen Baum gelehnt am Boden sitzt und mit grober Gewalt mit einem Stein auf ein Stück Holz einschlägt. Immer und immer wieder.

Langsam gehe ich auf ihn zu und spreche ihn vorsichtig an: „Aaron, es tut mir so leid".

Sofort lässt er den Stein fallen, schaut zu mir auf und kann den Zorn in seinen Augen nicht verbergen. Entschlossen steht er auf und kommt direkt auf mich zu. Augenblicklich bekomme ich Angst vor ihm, was er auch merkt, weshalb er sofort stehen bleibt. „Keine Angst, ich tu dir nichts. Es reicht schon, dass ich Lucas geschlagen habe. Wie geht es ihm?"

„Er wird es überleben", sage ich beruhigt. „Aaron, es tut mir leid, dass du es so erfahren musstest. Ich wollte wirklich mit dir reden".

„Das hättest du schon viel früher machen sollen. Ich bin wohl der einzige der nichts davon wusste."

„Das stimmt nicht, niemand wusste etwas! Wir wussten es ja selbst nicht genau."

Aaron schaut mich fragend an. „Ihr wusstet selbst nicht, dass ihr euch küsst?"

„Doch … äh nein, wir wussten nicht, dass es ernster ist".

„Julie das ist doch egal. Ich hätte es merken müssen. Damals auf der Toilette hinter der Bühne lag schon so eine Spannung in der Luft. Da ist doch schon was gelaufen, oder?"

„Ja, ich meine nein, nicht wirklich".

„Du hättest einfach ehrlich sein und mit mir Schluss machen müssen."

„Ich wusste gar nicht, dass wir zusammen waren. Aber ja, ich hätte ehrlich sein müssen, da hast du Recht."

„Ich gebe nicht nur dir die Schuld. Lucas hätte die Finger von dir lassen sollen. Er wusste, dass ich mich in dich verliebt habe. Was ist das nur für ein Freund, frage ich mich".

„Ich war mir anfangs doch selbst nicht sicher, deshalb habe ich auch nichts gesagt. Später hatte ich dann Angst, dass du nichts mehr mit mir zu tun haben willst. Ich mag dich wirklich sehr gerne, Aaron und ich will dich als Freund nicht verlieren."

„Als Freund? Ich weiß nicht ob ich das kann."

Verständnisvoll nicke ich. „Ich geh dann wieder, kommst du mit?", frage ich freundschaftlich.

Überraschenderweise antwortet er: „Ja, ich komme mit zurück."

Wir erreichen zusammen das Set, wo Aaron in die Maske geht, um sich für den nächsten Dreh fertig zu machen.

Ich eile währenddessen zu Lucas ins Wohnmobil. Er sitzt auf der Bank und hält sich einen Eisbeutel an die Wange.

„Wie geht es dir?", frage ich besorgt.

Unsicher lächelt er mich an. „Der hat einen ganz schönen Schlag! Aber wahrscheinlich habe ich es verdient."

Liebevoll streiche ich über seine Hand und ziehe sie ein Stück von der verletzten Wange weg. Ein blauer Fleck sowie eine leichte Schwellung kommen zum Vorschein. Vorsichtig beuge ich mich zu ihm hinunter und küsse zärtlich die wunde Stelle. Er greift mir in den Nacken und zieht meinen Kopf zu sich heran. Ein leidenschaftlicher Kuss, bei dem ich das Gefühl habe, ihn nie enden lassen zu wollen, folgt. Schwer atmend trennen wir uns voneinander.

„Hast du mit Aaron alles klären können?", fragt Lucas hoffnungsvoll.

„Ja. Er ist gekränkt und traurig, was ich verstehe, aber es ist alles geklärt. Ich habe nur Angst, dass ich seine Freundschaft verloren habe. Ich möchte ihn wirklich als guten Freund behalten, das ist mir sehr wichtig".

Lucas schaut mich ernst an. „Gib ihm etwas Zeit, er wird darüber hinwegkommen und ich bin mir sicher er wird dein Freund bleiben".

„Danke für die aufmunternden Worte", flüstere ich, während ich ihn erneut küsse. Dann stelle ich die Frage, die noch unbeantwortet im Raum schwebt: „Und wie entscheidest du dich jetzt?"

„Ich glaube, ich habe gar keine andere Wahl, als mich für dich zu entscheiden. Ich kann nicht ohne dich sein", erklärt er mit einem Grinsen auf den Lippen.

Plötzlich klopft es an der Tür und Katy kommt herein. „Lucas du musst in die Maske, du bist nochmal dran", ruft sie uns zu. Lucas steht auf und verlässt den Wagen. Bevor er die Türe schließt schaut er noch einmal zurück und fordert mich spitzbübisch auf: „Lauf mir nicht weg! Wir machen da weiter, wo wir aufgehört haben." Die Tür schließt sich und ich lasse mich glücklich auf die Bank fallen.

Leider kann Lucas sein Versprechen nicht mehr einhalten, denn als der Dreh mit ihm vorüber ist, ist es bereits spät abends und die ganze Crew will schnell abbauen, um nach Hause zu fahren. Also fahren auch wir mit Lucas Auto nach Hause.

Während der Autofahrt lege ich meine Hand auf seinen Oberschenkel. Das allein reicht schon aus, um mein Herz schneller schlagen zu lassen. Ich überlege mir, ob ich bereit bin, für den nächsten Schritt mit ihm. Jedoch verwerfe ich den Gedanken schnell wieder. Worauf will ich noch warten? Mit wem soll es noch perfekter werden als mit ihm? Ich bin zu allem bereit!

Als wir zu Hause ankommen, sehen wir bereits von draußen, dass das Haus hell erleuchtet ist. Mit ungutem Gefühl gehen wir hinein. Aufgeregt und mit Tränen in den Augen eilt uns Liz entgegen. Sie fällt Lucas in die Arme und schluchzt: „Oh Lucas, es ist Amy! Sie hatte einen Unfall, sie liegt im Krankenhaus und ich muss gleich wieder zu ihr. Könnt ihr bitte auf Violet aufpassen?"

Lucas schaut geschockt auf seine Mutter. „Was ist denn passiert?", drängt er sie um Aufklärung, während er sie auf das Sofa im Wohnzimmer schiebt.

Mit wenigen Worten erzählt Liz: „Die Mädchen waren mit dem Fahrrad unterwegs. Margaret, unsere Nachbarin, hat sie draußen fahren lassen. Die Mädchen wollten zusammen bis zur großen Hauptstraße fahren, aber anscheinend haben plötzlich Amys Bremsen nicht mehr funktioniert ... auf jeden Fall wurde sie von einem Auto angefahren. Zwei Fußgänger haben dann gleich den Krankenwagen gerufen. Amy war kurz bewusstlos, welche Verletzungen sie hat, wissen wir noch nicht. Violet ist eben erst eingeschlafen. Sie hat einen Schock und die ganze Zeit geweint. Sie macht sich Vorwürfe, nicht auf ihre Schwester aufgepasst zu haben". Liz steht auf und zieht ihren Mantel an.

Suchend blickt sich Lucas um. „Wo ist David?", fragt er neugierig.

„Der ist schon im Krankenhaus. Ich musste mit Violet hier bleiben, sie war so aufgeregt."

„Mach dir keine Sorgen, wir passen gut auf Violet auf", beruhigt Lucas seine Mutter und umarmt sie.

„Danke", ruft sagt Liz aufrichtig, bevor sie eilig aus der Haustüre stürmt.

Lucas und ich sinken entsetzt auf das Sofa. Alle Romantik ist verflogen. Wir machen uns nur Sorgen um Amy. Hoffentlich ist sie nicht so schwer verletzt und wird wieder ganz gesund. Während Lucas nach oben geht, um nach Violet zu sehen, gehe ich in mein Zimmer und ziehe mich um. Nach einigen Minuten erscheint Lucas in meinem Zimmer. „Violet ist aufgewacht und möchte, dass ich mich zu ihr lege. Sie weint die ganze Zeit". Dabei schaut er mich bedauernd an. Ich gehe auf ihn zu und gebe ihm einen Kuss. „Dann lass sie nicht warten, wir haben noch genug Zeit – in zwei Wochen". Wir sind uns unausgesprochen einig, dass Violet jetzt einfach wichtiger ist.

Kapitel 29

Am Dienstag klingelt wie gewohnt mein Wecker. In der Küche entdecke ich Liz, die bereits mit einer Teetasse in der Hand am Küchentisch sitzt.

„Guten Morgen, wie geht es Amy?", frage ich neugierig.

Liz antwortet lächelnd: „Es geht ihr schon besser. Sie hat nur eine leichte Gehirnerschütterung und Hautabschürfungen, aber zum Glück nichts gebrochen."

„Das freut mich", gebe ich erleichtert zu.

„Kannst du dich trotzdem heute um Violet kümmern und sie zur Schule bringen?", bittet sie mich.

„Natürlich, gar kein Problem", antworte ich ihr ehrlich und hole mir einen Saft aus dem Kühlschrank. Im selben Moment hören wir, wie Lucas seinen schweren Koffer die Treppe hinunter schleppt. Er geht zu Liz und umarmt sie. „Wie geht es Amy", will jetzt auch er wissen. Liz klärt ihn über den Gesundheitszustand seiner Schwester auf und steht sodann auf, um hinauf ins Schlafzimmer zu gehen.

Lucas kommt auf mich zu und nimmt mich in seine Arme. Er gibt mir einen zärtlichen Kuss. „Jetzt sehen wir uns zwei Wochen lang nicht. Ich werde dich vermissen".

Traurig entgegne ich: „Ich werde dich mehr vermissen, denn ich bin hier nicht so abgelenkt wie du auf den Konzerten. In Amerika gibt es sicher auch viel zu sehen."

„Wenn du glaubst, wir sehen viel vom Land, dann täuschst du dich. Wir sehen die Hotels, die Konzerthallen und die Flughäfen. Ab und zu sind wir auch mit dem Tourbus unterwegs. Das war's aber auch schon."

Bemitleidend schaue ich ihn an. „Dann bleib doch einfach hier".

Belustigt grinst er mich an. „Das geht leider nicht, das ist mein Job".

Ich erinnere mich, dass ich Violet für die Schule fertig machen muss und löse mich aus seinen Armen. „Ich muss Violet noch wecken", sage ich entschuldigend. Er lässt mich nur ungern gehen, setzt sich jedoch anschließend mit einem Tee an den Tisch.

Nachdem ich Violet geweckt und ihr beim Anziehen geholfen habe, sitzen wir in der Küche. Violet isst schweigend ihr Müsli, während Lucas mich die ganze Zeit sehnsüchtig anschaut. Im nächsten Moment klingelt es an der Tür. Nachdem Lucas die Tür geöffnet hat, tritt Eddie ein und begrüßt mich.

„Wir müssen los Lucas, es ist viel Verkehr, sonst schaffen wir es nicht rechtzeitig zum Flughafen", bemerkt Eddie und begibt sich bereits wieder in Richtung Tür. Lucas läuft schnell nach oben und verabschiedet sich von seiner Mutter. Als er wieder nach unten kommt, läuft ihm Violet weinend entgegen. Er nimmt sie auf den Arm und erklärt ihr, dass er bald wieder da ist und dass Amy auch in einigen Tagen wieder nach Hause kommt. Dann setzt er seine Schwester ab und kommt zu mir. Er zieht mich an sich und hebt mein Kinn mit seinem Finger an, wie damals auf der Toilette. Ich merke, wie sich die Tränen in meinen Augen sammeln und flüstere traurig: „Machs gut und komm schnell wieder". Er küsst mich lange und zärtlich. Erst als wir ein Räuspern von der Tür her hören, trennen wir uns. Bevor er Eddie hinaus folgt, legt er seine linke Hand an die Lippen und wirft mir eine Kusshand zu. Dann ist er weg.

Ich mache Violet für die Schule fertig und fahre anschließend mit ihr los.

Als ich zurück komme und den Mini vor dem Haus abstelle, kommt mir von der anderen Straßenseite ein langhaariges, blondes Mädchen in meinem Alter entgegengelaufen. „Hey, bist du Julie?", ruft sie mir entgegen.

Verdutzt drehe ich mich zu ihr um: „Ja, das bin ich".

Sie lächelt mich freundlich an und reicht mir die Hand. „Hey, ich bin Claire. Ich wohne hier gegenüber auf der 23". Dabei deutet sie mit dem Daumen über ihre Schulter und zeigt auf ein hübsches weiß gestrichenes Haus mit blauen Fensterläden und einem bunten Vorgarten. „Meine Mom hat mir erzählt, dass Amy einen Unfall hatte. Wie geht es ihr?", fragt sie besorgt. Sie ist mir sofort sympathisch, weshalb ich sie frage, ob sie mit ins Haus kommen möchte. Gerne nimmt sie meine Einladung ein.

Wir sitzen im Wohnzimmer, unterhalten uns über die Zwillinge und tauschen Erfahrungen über unsere Schulzeit aus. Plötzlich meint sie, sie müsse gehen, weil sie noch eine Vorlesung an der University of East London habe. Während wir uns verabschieden fragt Claire mich, ob ich Lust und Zeit hätte, dass wir uns morgen wieder treffen. Glücklich sage ich zu. Möglicherweise habe ich doch noch eine Freundin in England gefunden!

Am nächsten Tag kommt Amy nach Hause, muss aber noch eine Woche lang das Bett hüten und darf nicht zur Schule. Liz erzählt mir, dass sie während dieser Zeit bei ihrer Arbeit kürzer tritt und wir uns so bei Amys Betreuung abwechseln könnten. Am Abend kommt Claire vorbei, um mich abzuholen. Von Anfang an habe ich das Gefühl, dass wir auf einer Wellenlänge stehen. Wir haben den gleichen Humor, die gleichen Interessen und erzählen uns viele Geschichten aus unserer Kinder- und Jugendzeit.

Am Samstag skype ich mit Rose und Leo. Ich erzähle ihnen von meiner neuen Freundschaft zu Claire. Anfangs sind sie etwas skeptisch, nachdem ich ihnen aber versichere, dass Claire wirklich sehr nett sei und ich mich nicht mehr so alleine fühle, jetzt wo Lucas weg ist, freuen sie sich mit mir.

„Aber nicht, dass du uns dann ganz vergisst", meint Rose etwas beleidigt.

„Niemals! Hör auf zu spinnen, Rose!", entgegne ich ernst.

Leo schiebt Rose zur Seite und drängt sich vor den Bildschirm. „Julie, stell dir vor, ich komme nach London! Übernächstes Wochenende darf ich von der Firma aus, bei der ich jobbe, ein Hotel testen. Ist das nicht irre? Ich komme von Freitag bis Sonntag".

„Das ist ja super! Dann müssen wir uns unbedingt sehen!", rufe ich begeistert.

„Klar, du kannst sicher zu mir ins Hotel kommen, dann machen wir es uns dort gemütlich", sagt sie überschwänglich.

Rose blickt traurig in die Kamera.

Mitfühlend wende ich mich an sie: „Rose, vermisst du Miguel sehr?"

„Blöde Frage Julie, klar vermisse ich ihn!", gibt sie zickig zurück.

„Vielleicht kannst du ja mit Leo zusammen herkommen?"

Rose überlegt ernsthaft, bevor sie äußert: „Gar keine schlechte Idee! Aber ich könnte nur Samstag und Sonntag kommen".

„Egal! Miguel wird sich sicher freuen", sage ich begeistert.

Wir verbleiben so, dass Rose versucht einen günstigen Flug zu bekommen und wir vorher nochmals skypen, um die Details durchzugehen.

Am Sonntag treffe ich mich erneut mit Claire und wir machen einen Ausflug nach London. Nachdem wir einige Sehenswürdigkeiten abgeklappert haben, bummeln wir durch das bekannte Kaufhaus Harrods.

Abends liege ich meistens sehr traurig und mit sehnsüchtigen Gedanken an Lucas in meinem Bett. Ich höre mir dann die CDs von Dizzy Boys an und stelle mir vor, was ich noch alles mit ihm erleben möchte. An diesem Abend ist die Sehnsucht so groß, dass ich mich in sein Zimmer schleiche und mir ein kleines Kissen aus seinem Bett hole. Leise gehe ich in mein Zimmer zurück. Ich vergrabe mein Gesicht in seinem Kissen und atme tief ein. Mit seinem Geruch in der Nase schlafe ich wenig später ein.

Kapitel 30

Die nächsten Tage treffe ich mich regelmäßig mit Claire. Unsere Freundschaft wird zunehmend enger und wir vertrauen uns immer mehr Geheimnisse an. Eines Tages, als wir hinter dem Haus im Garten sitzen, fragt Claire nebenbei: „Was hältst du eigentlich von Lucas?". Unschlüssig schaue ich auf und überlege, was ich ihr über ihn erzählen kann. Schweigend senke ich meinen Blick und zucke lediglich die Schultern. Sie beugt sich vor und schaut mich abschätzend an. Ein Lächeln breitet sich in ihrem Gesicht aus: „Hat er etwa was mit dir angefangen?" Zu schnell schaue ich auf, wobei mein irritierter Blick mich zusätzlich verrät.

„Wie meinst du das, was angefangen?"

„Ich meine, habt ihr euch geküsst oder seid ihr sogar zusammen?"

„Wie kommst du darauf?", frage ich vorsichtig.

Sie zuckt nur die Schultern und meint: „Naja, er ist doch süß, oder? Warum also nicht?"

Ich schüttle nur leicht den Kopf und habe keine Lust weiter mit ihr darüber zu reden. Schnell wechsle ich das Thema zu dem Kleid, das wir gestern in einem Kaufhaus entdeckt haben.

Am Donnerstagabend sitze ich gelangweilt vor dem Fernseher und zappe mich durch das Programm. Ich brauche Ablenkung, denn mittlerweile ist Lucas bereits über eine Woche weg und er kommt erst am nächsten Mittwoch wieder. Als ich so gedankenverloren von einem Sender zum anderen schalte, sehe ich plötzlich Eddie im Bild. Allerdings habe ich so schnell weitergedrückt, dass sein Kopf durch einen großen Elefantenbullen ersetzt wird, dessen Bild von einer Tier-Doku ausgestrahlt wird. Hastig schalte ich zurück und sehe eine Aufzeichnung über die Oscar-Verleihung in New York. Die Übertragung zeigt einen Reporter, der Stars auf dem roten Teppich interviewt. Plötzlich sehe ich Miguel, Ryan, Aaron und als letztes Lucas mit ..... ich blinzle einmal, zweimal, das Bild ändert sich nicht ... mit Isabel im Arm. Ungläubig lehne ich mich nach vorne und stelle gleichzeitig die Lautstärke höher. Die Jungs stehen alle nebeneinander, Lucas hält Isabel im Arm. Ich kann und möchte nicht glauben, was ich da sehe. Der Reporter stellt Eddie eine Frage über die Konzerte und dieser antwortet lächelnd. Dann kommt eine Frage an Miguel, wie es ihnen hier auf der Oscar-Verleihung gefalle und er scherzt: „Gut, aber noch haben wir sie ja nicht gesehen". Jetzt wendet sich der Reporter an Lucas und Isabel. „Lucas, sie haben ja ihre Freundin mitgebracht. Sind sie immer noch glücklich zusammen?" In diesem Moment denke ich:

Wie kann ein Reporter eine so blöde Fragen stellen? Im nächsten Moment antwortet Lucas: „Natürlich, warum sollten wir nicht?" Isabel dreht sich zu Lucas und gibt ihm vor allen Kameras einen Kuss. Schockiert reiße ich meine Augen auf, kann jedoch immer noch nicht glauben, was sich da gerade vor meinen Augen abspielt. Im ersten Moment bin ich unsicher, ob das alles wirklich passiert ist. Aber schon im nächsten Augenblick kriecht die Eifersucht in mir hoch und schließlich wandeln sich meine Gefühle in Wut und Hass um. Warum ist sie überhaupt in Amerika? Lucas hat sich doch für mich entschieden! Was um alles in der Welt macht sie da?

Nachdem im Fernsehen nichts mehr über die Jungs gezeigt wird, schalte ich das Gerät aus.

Wütend und gekränkt stapfe ich in mein Zimmer und schalte den Computer an. Ich rufe Rose über Skype an, aber sie geht nicht dran. Anschließend versuche ich es bei Leo, aber auch sie erreiche ich nicht. Fluchend knalle ich den Deckel meines Laptops zu. Unruhig gehe ich im Zimmer auf und ab. Was soll ich jetzt tun? Soll ich Lucas anrufen? Es ist jetzt acht Uhr abends, das heißt in Amerika ist es gerade drei Uhr nachmittags. Nichtsdestotrotz wähle ich seine Nummer. Wie bereits erwartet, meldet sich nur die freundliche Stimme der Ansage, dass der Teilnehmer momentan nicht erreichbar ist.

Wenn ich jetzt mit niemandem reden kann, zerplatze ich. Angestrengt überlege ich, wer noch in Frage kommt. Mit wem könnte ich reden? Liz und David? Nein, lieber nicht, das wäre mir unangenehm. Plötzlich fällt mir Claire ein. Aber soll ich ihr solch intime Details zwischen mir und Lucas wirklich anvertrauen? Ja! Sie ist zu einer guten Freundin geworden, also kann ich es ihr auch erzählen. Aufgeregt laufe ich aus dem Haus und überquere die Straße. Nachdem ich an der Haustür geläutet habe, dauert es nur einige Sekunden, bis Claire die Tür öffnet.

„Hey, was machst du denn hier?", fragt sie mich überrascht. Ich habe Tränen in den Augen und sie merkt sofort, dass ich ziemlich aufgelöst bin. Beruhigend legt sie ihren Arm um mich und zieht mich in den Vorraum. „Komm rein, wir gehen rauf, da können wir in Ruhe reden". Wir gehen am Wohnzimmer vorbei, wo ich kurz ihre Eltern begrüße. Anschließend gehen wir in Claires Zimmer und setzen uns auf ihr Bett.

„Was ist denn passiert?", fordert sie mich einfühlsam auf zu erzählen.

„Warum macht Lucas so was?", platze ich verzweifelt heraus. Fragend schaut sie mich an, bis ich weiter erzähle: „Ich habe gerade die Übertragung der Oscar-Verleihung im Fernsehen gesehen. Lucas stand mit Isabel Arm in Arm dort! Und dann behauptet er auch noch, dass sie glücklich sind und sie haben sich geküsst".

Verwirrt schaut Claire mich an. „Aber die sind doch zusammen und glücklich sind sie auch, glaube ich zumindest".

Erst jetzt wird mir klar, dass ich ihr noch nichts von mir und Lucas erzählt habe und sie nicht weiß, dass er sich für mich entschieden hat. Ich kläre sie in kurzen Sätzen auf, wobei ihre Augen immer größer werden.

„Was soll ich jetzt tun?", schluchze ich unsicher.

Nach kurzem Überlegen rät sie mir: „Das ist sicher nur ein Missverständnis! Sprech ihn einfach darauf an, wenn er wieder kommt. Dann wirst du sehen, dass sich das aufklärt."

„Meinst du wirklich, dass es nur ein Missverständnis ist?" Sie überlegt eine Spur zu lang, bevor sie sagt: „Ja sicher, was denn sonst? Mach dir keine Sorgen!". Freundschaftlich nimmt sie mich in den Arm und tröstet mich, bis ich mich wieder beruhigt habe. Es war die richtige Entscheidung zu Claire zu gehen.

Am nächsten Tag treffen Claire und ich uns bereits am Nachmittag, da Liz sich um die Zwillinge kümmern kann. Wir fahren ins Zentrum von Tunbridge Wells und setzen uns in ein Cafe. Claire fragt mich, seit sie weiß, dass ich mit Lucas zusammen bin, ständig über ihn aus. Sie möchte wissen, wie er so ist, wie er küsst und lauter intime Details. Ich antworte ihr nicht auf alle Fragen so ausführlich, wie sie es gerne hätte. Aber trotzdem bleibt sie freundlich und hat immer aufmunternde Worte für mich, falls bei mir die Eifersucht wieder hoch kommt.

Wir treffen uns auch am Wochenende sowie am Montag und Dienstag. Dann rückt endlich der Mittwoch näher und Lucas kommt zurück.

Kapitel 31

Morgens stehe ich, wie üblich, auf, um die Mädchen fertig zu machen. Amy ist mittlerweile wieder völlig gesund und geht auch wieder zur Schule. Beim Frühstück treffe ich auf Liz und David, die mich sogleich ansprechen. „Julie, ich weiß heute kommt Lucas wieder, aber David und ich haben am Abend ein wichtiges Geschäftsessen, das wir nicht verschieben können. Es kann spät werden, könntest du vielleicht auf die Mädchen aufpassen?". Dabei schaut sie mich entschuldigend an.

„Natürlich! Das geht schon in Ordnung!", erkläre ich mich bereit. Mir ist es völlig egal, wo ich mit Lucas zusammen bin. Hoffentlich hat er nichts anderes vor. Falls er überhaupt noch mit mir zusammen sein will, denn der Auftritt mit Isabel liegt mir immer noch im Magen.

Nachdem ich die Mädchen zur Schule gefahren habe, komme ich gutgelaunt zu Hause wieder an. Nach der Hausarbeit gehe ich unter die Dusche, ziehe mich x-mal um und schminke mich. Am Nachmittag hole ich die Mädchen pünktlich von der Schule ab. Zu Hause erledigen wir schnell die Hausaufgaben, bevor kurze Zeit später die Tür aufgeht und Lucas herein kommt. Die Mädchen sind wieder einmal schneller als ich und stürmen in seine Arme. Er nimmt jede von ihnen hoch und begrüßt sie liebevoll. Anschließend öffnet er seinen Koffer, holt zwei mittelgroße Geschenke hervor und reicht sie Amy und Violet. Diese laufen voller Vorfreude mit ihren Geschenken nach oben in ihr Zimmer.

Jetzt lächelt Lucas mich an. Schlagartig bekomme ich wieder weiche Knie. Ich habe ihn so sehr vermisst. Wir laufen aufeinander zu und fallen uns in die Arme.

„Hey Babe", sagt er zärtlich. Er küsst mich lange und zärtlich. Die Mädchen kommen die Treppe herunter gerannt und präsentieren stolz ihre Geschenke. Lucas hat jeder von ihnen einen Schminkkoffer aus New York mitgebracht und sie wollen ihn gleich ausprobieren.

„Was hast du heute Abend vor?", fragt er mich.

Zerknirscht schaue ich zu ihm auf. „Ich habe Liz versprochen, heute Abend auf die Mädchen aufzupassen, da sie mit David weg muss".

Lächelnd sagt er: „Gut, dann passen wir zusammen auf." Die Mädchen ziehen unnachgiebig an unseren Händen und wollen, dass wir mit nach oben kommen. Wir gehen mit ihnen ins Zimmer, um sie die nächsten Stunden zu schminken und nach ihren Wünschen zu bemalen.

Beim Abendessen sitzen wir gemeinsam mit Liz und David am Tisch. Interessiert hören wir Lucas Erzählung über seine Amerika-Tournee zu. Um acht Uhr bringen wir gemeinsam die Mädchen ins Bett und Liz und David verabschieden sich.

Als endlich Ruhe im Haus eingekehrt ist, setzen Lucas und ich uns im Wohnzimmer auf das Sofa. Ich weiß, dass ich ihn jetzt endlich auf Isabel ansprechen muss, noch länger kann ich nicht warten. Er kommt mir jedoch zuvor. „Was hast du die zwei Wochen über gemacht, als ich weg war?"

„Ich habe Claire kennen gelernt. Kennst du Sie? Sie wohnt gleich gegenüber."

Wenig begeistert schaut er mich an und fragt ungläubig „Und mit der verstehst du dich? Ist die nicht zickig?"

Ich lache kurz auf und schüttle energisch den Kopf. „Nein eigentlich überhaupt nicht! Sie ist mir echt eine gute Freundin geworden."

„Na, dann", kommt nachdenklich von ihm.

Ich nehme meinen ganzen Mut zusammen und spreche ihn an: „Lucas? Hast du eigentlich schon mit Isabel gesprochen? Ich meine wegen uns?"

Augenblicklich werden seine Gesichtszüge ernst. „Ja, habe ich und sie hat es verstanden. Sie meint, so sei es besser für uns alle, wenn klare Verhältnisse bestehen."

Erstaunt blicke ich ihn an und glaube mich verhört zu haben. Klare Verhältnisse? Er gibt in der Öffentlichkeit immer noch vor, mit Isabel zusammen zu sein! Was ist dann mit mir?

Fassungslos und enttäuscht werfe ich ihm vor: „Kannst du mir dann vielleicht erklären, warum ihr euch vor laufender Kamera geküsst habt und du den Reportern erzählst, dass ihr immer noch glücklich seid?"

Mit großen Augen schaut er mich an. Er fühlt sich ertappt, was mich nur noch wütender macht.

„Julie, das war anders als es aussah", versucht er mich schuldbewusst zu beruhigen.

„Dann erkläre mir bitte wie es war!", fordere ich ihn gekränkt auf. Die Eifersucht macht sich erneut in mir breit und ich kann sie nicht unterdrücken. Er erkennt, wie verletzt ich bin und nimmt meine Hände in seine.

„Isabel war in Amerika, ja. Sie hatte dort ein Shooting und hat erfahren, in welchem Hotel wir sind. Sie ist schließlich auch mit den anderen Jungs befreundet, nicht nur mit mir. Ich habe dort gleich mit ihr gesprochen und ihr alles über uns erzählt. Und sie hat es verstanden."

„Und warum küsst ihr euch dann auf dem roten Teppich?"

„Das ging von Isabel aus. Sie hat gefragt, ob sie mit zu der Oscar-Verleihung kommen kann. Und wir haben uns dann darauf geeinigt, wenn Fragen von der Presse kommen, dass wir bei der Version bleiben, dass wir zusammen sind. Das ist einfacher, als lange zu erklären, warum und seit wann wir es nicht mehr sind."

„Und der Kuss?", will ich jetzt endlich wissen.

„Isabel hat sich spontan zu mir gedreht und mich geküsst. Was sollte ich machen? Sie wegstoßen? Das wäre etwas auffällig gewesen."

„Es läuft also nichts mehr zwischen euch?", frage ich unsicher.

Lucas lächelt mich an und zieht mich zu sich. „Nein, keine Angst, das ist wirklich geklärt. Du hast mich für dich ganz alleine". Er küsst mich erneut, was mich ihm sofort verzeihen lässt.

„Wie lange sind Liz und David eigentlich weg?", fragt er abschätzend.

„Keine Ahnung, aber Liz sagte, es könne spät werden", antworte ich mit einem ahnenden Grinsen.

Ich weiß was er vorhat und ich will es ebenso wie er. Er rückt ganz nah an mich heran und legt seine Hand an meine Wange. Er kommt noch näher und küsst mich zärtlich auf die Lippen. Ich greife mit einer Hand in seine Haare, mit der anderen Hand auf seinen Rücken. Er drückt mich langsam auf das Sofa, während er sich vorsichtig auf mich legt. Unsere Küsse werden leidenschaftlicher und intensiver.

Unsere Zungen spielen zärtlich miteinander. Zwischendurch hört er auf mich zu küssen und schaut mir einfach nur in die Augen. Ich ziehe ihn jedoch ungeduldig wieder an mich, um eneut seine Lippen auf meinen zu spüren. Mit einer Hand stützt er sich auf, mit der anderen tastet er sich langsam zu meinem Bauch vor. Er gleitet unter mein T-Shirt und streichelt meine nackte Haut. Ich habe das Gefühl von innen zu verbrennen. Stürmisch ziehe ich sein Shirt nach oben, um anschließend über seinen durchtrainierten Rücken zu streicheln. Währenddessen schiebt er mein T-Shirt höher und streift es mir über den Kopf. Ich helfe ihm dabei, es vollständig auszuziehen. Kurz darauf befreie ich auch ihn von dem störenden Stoff und lächle ihn an. Sein Mund wandert von meinen Lippen, über meine Wange, bis zu meinem Hals. Mein Atem wird immer schneller. Seine zärtlichen Finger wandern auf meinen Rücken und suchen den Verschluss meines BHs.

Und wie könnte es anders sein, als gäbe es eine Macht, die nicht will, dass wir ungestört bleiben, hören wir einen lauten Schrei: „Moooooom". Erschrocken schauen wir uns an. Im nächsten Moment verzieht Lucas sein Gesicht. „Nein, bitte nicht jetzt!", sagt er flehend.

„Ob wir es irgendwann einmal schaffen, ungestört zu sein?", frage ich bezweifelnd. Er steht auf und zieht sich sein Shirt über. Mit eindringlicher Stimme beugt er sich zu mir. „Beweg dich keinen Millimeter. Ich komme gleich wieder!". Ein kurzer Kuss und schon sprintet er die Treppe zu der schreienden Amy hinauf.

Ich liege auf dem Sofa und schaue an die Decke. Wenn ich die Augen schließe, habe ich das Gefühl ihn immer noch zu spüren. Als Lucas nach zehn Minuten noch nicht zurück ist, setze ich mich auf und ziehe mein T-Shirt wieder an. Geduldig schalte ich den Fernseher an und zappe durch die Kanäle, bis ich auf einen Liebesfilm stoße, den ich bereits in deutscher Fassung kenne. Ich lege mich seitlich auf das Sofa und schaue mir den Film an. Langsam werde ich müde, hoffentlich kommt Lucas bald zurück. Meine Augen werden immer schwerer, bis ich sie schließe. Dass ich einschlafe, bemerke ich nicht mehr.

Zur gleichen Zeit im ersten Stock:

Lucas liegt bei Amy im Bett und hält sie im Arm. Sie hatte einen Albtraum und ist schreiend aufgewacht. Vermutlich hat das noch mit ihrem Unfall vor zwei Wochen zu tun. Er hat kurz Violet beruhigt, die vom Schrei ihrer Schwester aufgewacht ist und legte sich anschließend zu Amy an die Seite. Sanft wiegt er sie in seinem Arm hin und her und singt ihr leise Lieder vor. Jedes Mal wenn er glaubt, sie sei eingeschlafen und er aufstehen will, fleht Amy ihn an: „Bitte bleib noch Lucas". Es dauert ganze zwei Stunden, bis sie endlich tief und gleichmäßig atmet und er es wagt, das Zimmer leise zu verlassen.

Er geht die Treppe hinunter und sieht, dass der Fernseher läuft. Julie liegt auf dem Sofa. Während er auf sie zugeht bemerkt er: „Hey Babe, jetzt werden wir hoffentlich nicht mehr gestört". Er beugt sich zu ihr hinunter und merkt er jetzt, dass ihre Augen geschlossen sind. Tief und gleichmäßig geht ihr Atem. Er betrachtet sie einige Sekunden und überlegt, ob er sie wecken soll. Schließlich bringt er es jedoch nicht übers Herz Julie aus ihren Träumen zu reißen und schaltet den Fernseher aus. Er legt den einen Arm unter ihren Nacken, den anderen unter ihre Kniekehlen und hebt sie vorsichtig hoch. Julie schläft weiter. Langsam und leise trägt er sie die Treppe hinauf und bringt sie in ihr Bett. Dort gibt er ihr noch einen Kuss auf die Stirn und begibt sich anschließend in sein Zimmer.

Kapitel 32

Am Donnerstagfrüh reißt das Klingeln meines Weckers mich aus meinem Traum. Ich öffne die Augen und erinnere mich an den gestrigen Abend. Wie bin ich in mein Bett gekommen? Ich habe doch unten auf Lucas gewartet. Ich stehe auf, mache mich fertig und wecke die Mädchen für die Schule.

Nach dem Frühstück laufen wir nach draußen und fahren los. Als ich wieder zu Hause ankomme und aus dem Auto steige, kommt Claire auf mich zugelaufen. „Guten Morgen Julie", sagt sie aufgeregt.

„Guten Morgen", erwidere ich freundlich.

„Was machst du am Samstag?", erkundigt sie sich.

Ehrlich antworte ich: „Weiß ich noch nicht, warum?"

Sie scheint sich über meine Antwort richtig zu freuen. „Da habe ich Geburtstag und ich dachte wir zwei könnten ausgehen und etwas feiern".

„Warum sagst du mir erst jetzt, dass du am Samstag Geburtstag hast?", frage ich etwas enttäuscht. Spontan, ohne darüber nachzudenken, ergänze ich: „Natürlich können wir da etwas machen". Sie umarmt mich kurz und verabschiedet sich dann. Auf der anderen Straßenseite wartet bereits ihre Mutter, um sie mit in die Stadt zu nehmen.

Shit! Plötzlich fällt mir ein, dass Leo und Rose am Wochenende kommen. Außerdem möchte ich auch mit Lucas zusammen sein. Aber wenn Claire an diesem Tag Geburtstag hat, wäre es auch nicht nett von mir, sie alleine zu lassen. Während ich überlege, wie ich das organisieren soll, gehe ich ins Haus. Es ist so ruhig, dass ich davon ausgehe, dass Lucas noch schläft. Voller Elan fange ich mit der Hausarbeit an und so vergeht die Zeit recht schnell.

Um ein Uhr mittags wundere ich mich, dass Lucas immer noch nicht aufgestanden ist. Ich gehe zu seinem Zimmer und klopfe an die Tür. Niemand antwortet. Als nach dem zweiten Klopfen immer noch keine Antwort kommt, öffne ich die Tür vorsichtig und stelle überrascht fest, dass Lucas nicht da ist. Verdutzt drehe ich mich um und gehe in mein Zimmer.

Eine Stunde später erscheint Lucas völlig unerwartet, als ich gerade auf meinem Bett sitze und Musik höre. Er klopft, öffnet die Tür und strahlt mich an. Ich sprine auf und umarme ihn. Er küsst mich und schaut mich anschließend geheimnisvoll an.

„Wo warst du denn so früh schon?", frage ich ihn.

„Ich musste noch etwas besorgen und da du mein Auto hattest, hat Ryan mich gefahren".

Plötzlich fällt mir ein, dass ich ihm noch gar nichts von Leo und Rose erzählt habe. Ohne Einleitung platze ich heraus: „Ach ja, Leo kommt morgen und Rose am Samstag. Da können wir doch was zusammen unternehmen, was meinst du?"

Verwirrt schaut er mich an. „Ja klar, können wir". Im nächsten Moment wird er wieder ernst und blickt mir direkt in die Augen. Er greift in seine Hosentasche und zieht eine kleine Schachtel hervor. Als ich die Verpackung erblicke, bleibt mir augenblicklich die Luft weg. Oh mein Gott! Kommt jetzt das was ich befürchte? Ist das nicht ein bisschen früh, nach zwei Wochen?

Lucas reicht mir die Schachtel. „Das ist ein Geschenk für dich, weil ich solange weg war".

Mit zitternden Händen nehme ich das Geschenk entgegen, um es langsam zu öffnen. Zum Vorschein kommt ein Armband in weißgold mit kleinen Diamanten. Fassungslos öffne ich meinen Mund, aber es kommt kein Ton heraus. Verdutzt schaue ich zu Lucas, der jedoch nur breit lächelt.

„Gefällt es dir?", fragt er unnötigerweise.

„Oh Lucas! Das ist das schönste Geschenk, das ich je bekommen habe", rufe ich aus. Im nächsten Moment ergänze ich betreten: „Aber es ist mir unangenehm, wenn du mir so teure Geschenke machst".

„Ich will, dass du glücklich bist und dass du alles bekommst was dir gefällt", flüstert er mir zu, während er mich in den Arm nimmt.

Verliebt hauche ich ihm entgegen: „Du bist alles was ich will! Wenn ich dich habe, brauche ich nichts anderes". Wir küssen uns leidenschaftlich und wollen uns schon aufs Bett fallen lassen, da fällt mir plötzlich ein, dass ich die Mädchen von der Schule abholen muss.

„Mist, ich muss die Mädchen holen", sage ich, noch während unsere Lippen sich berühren.

Er verdreht die Augen, aber grinst. „Ich komme mit, wir holen sie heute gemeinsam ab", bestimmt er und zieht mich an der Hand hinter sich her. Im Auto lege ich mir das Armband an und betrachte mein Handgelenk. Es ist so schön!

Am Abend treffen Lucas und ich uns mit den Jungs in einer Bar in der Nähe des Theaters. Als wir ankommen sitzen Eddie, Aaron und Miguel bereits am Tisch. Einige Minuten später kommt auch Ryan und setzt sich zu uns. Angestrengt versuche ich aus Aarons Blick zu erkennen, ob er noch sauer auf mich ist. Schließlich stehe ich auf und gehe zu ihm hinüber. „Aaron, hast du mal kurz Zeit, mit mir zu reden?", frage ich ihn schüchtern.

Er lächelt mich an und steht sofort auf: „Klar, komm wir setzen uns da rüber". Er deutet auf einen kleinen Tisch in der Ecke, wo wir uns gegenüber setzen.

„Bist du noch sauer auf mich?", frage ich ohne Umschweife.

Nachdem er mir einige Sekunden tief in die Augen geschaut hat, sagt er ehrlich: „Nein, sauer bin ich nicht mehr. Es tut nur noch ein bisschen weh, dich mit Lucas zu sehen, aber es ist o.k. für mich. Ich musste ja die ganzen zwei Wochen mit diesem Gesicht da drüben klarkommen. Ich habe mich auch mit Lucas ausgesprochen. Es ist alles geklärt. Mach dir keine Sorgen".

Mir fällt ein riesiger Stein vom Herzen, so dass ich mich traue zu fragen: „Können wir dann gute Freunde bleiben?"

Lächelnd antwortet er: „Ja können wir".

„Ich meine richtig gute Freunde", hake ich nach.

Er nickt. „Ja, auch richtig gute Freunde können wir sein". Wir umarmen uns über den Tisch hinweg und ich freue mich, ihn nicht als Freund verloren zu haben.

„Aaron, hast du Lust, morgen mit ins ME Hotel zu kommen? Meine Freundin Leonora kommt morgen und sie wird dort absteigen. Leo möchte uns in die Bar einladen".

Er stößt einen leisen Pfiff aus und bemerkt anerkennend: „Im ME Hotel? Hat die so viel Geld?" „Nein, sie ist Studentin, aber sie soll das Hotel für ihren Chef testen", antworte ich wahrheitsgemäß. Wir vereinbaren, dass er mitkommt und gehen wieder zu den anderen an den Tisch.

Es wird ein fröhlicher Abend und Eddie verkündet, dass er am Samstag mit uns allen in den Club Project gehen möchte, um abzufeiern. „Was haltet ihr davon?".

Anerkennende Ausrufe werden laut. Unsicher wende ich ein: „Rose und Leonora sind am Samstag auch da, können die mitkommen?", frage ich schnell in die Runde.

Miguel schaut mich überrascht an. „Rose kommt? Und du sagst mir nichts?"

„Oh sorry Miguel, das habe ich in der Aufregung total vergessen. Sie kommt von Samstag bis Sonntag."

„Klar! Um so mehr Leute, umso besser", erklärt Eddie.

Erst spät am Abend fahren wir nach Hause. Da ich mich nicht gut fühle und Bauchschmerzen habe, möchte ich gleich ins Bett. Lucas kommt in mein Zimmer und bringt mir eine Wärmflasche.

„Werde ja nicht krank", sagt er besorgt.

Keck lächle ich ihn an. „Den Gefallen tu ich dir nicht, dass du mich rund um die Uhr umsorgen kannst. Nein, nein ich glaube es ist nur eine harmlose Magenverstimmung." Er küsst mich innig, wobei er sich kaum von mir trennen kann. Mir zerreißt es das Herz, wie traurig er mein Zimmer verlässt, aber bei diesen Schmerzen möchte ich wirklich nur noch schlafen.

Kapitel 33

Am nächsten Morgen geht es mir glücklicherweise wieder besser. Heute kommt Leo nach London. Sie wird von einem Limosinenservice am Flughafen abgeholt und direkt ins Hotel gebracht. Vollkommener Luxus! Ich bringe die Mädchen rasch in die Schule und fahre dann gleich wieder nach Hause. Kaum habe ich den Putzeimer aus der Kammer geholt, da klingelt es an der Tür und Claire kommt vorbei.

„Sieht schwer nach Arbeit aus, was du da machst", neckt sie mich.

„Sieht nicht nur so aus, ist es auch!", antworte ich und strecke ihr die Zunge raus. Sie setzt sich auf das Sofa und beobachtet mich beim Putzen.

„Also was machen wir morgen", fragt sie aufgeregt.

Augenblicklich gibt es mir einen Stich in die Magengegend und ich überlege, wie ich es ihr am besten erklären soll. „Claire", fange ich an. „Da gibt es ein Problem."

„Welches Problem denn?", fragt sie unsicher.

„Ich habe total vergessen, dass meine Freundinnen aus Deutschland kommen. Die Jungs haben uns für Samstag in die Disco eingeladen".

„Oh!", ruft Claire enttäuscht aus. In diesem Moment tut es mir so leid, dass sie ihren Geburtstag alleine feiern muss. Um sie aufzumuntern schlage ich ihr unüberlegt vor: „Pass auf, ich spreche heute mit den Jungs und frage sie, ob du auch mitkommen kannst. Ist ja schließlich dein Geburtstag."

Strahlend fällt sie mir um den Hals. „Das wäre so super Julie! Wenn das klappt, das wäre das schönste Geschenk für mich!".

Wir quatschen noch einige Zeit weiter, während ich putze und aufräume. Plötzlich kommt Lucas die Treppe herunter. Als er Claire entdeckt, bleibt er abrupt stehen. Er schaut zuerst sie und anschließend mich abschätzend an. Als Claire Lucas entdeckt, bekommt ihr Gesicht eine schüchterne Röte, was mich für einen Moment verblüfft.

Nachdem sie sich kurz begrüßt haben, gehe ich auf Lucas zu. „Sag mal, glaubst du es ist für die Jungs in Ordnung, wenn Claire am Samstag auch mit kommt?", frage ich mit zuckersüßem Unterton.

Verwundert blickt er mich an. „Weiß nicht, vielleicht."

„Claire hat am Samstag Geburtstag und es wäre echt schade, wenn sie alleine feiern müsste", versuche ich ihn zu überreden. Lucas scheint über etwas nachzudenken.

Aber schließlich gibt er nach. „Wenn du möchtest, dass sie mitkommt, dann kann sie natürlich mitkommen". Dankend gebe ich ihm einen Kuss. Anschließend schaue ich zu Claire, die sich ebenfalls über die Zusage freut. Nach einer weiteren halben Stunde steht Claire auf und verabschiedet sich.

Lucas kommt auf mich zu und wirkt nachdenklich. „Wie gut bist du eigentlich mit Claire befreundet?"

Überrascht über diese Frage antworte ich: „Nicht so gut wie mit Rose und Leo, aber schon etwas enger". Er nickt nur beiläufig und dreht sich weg. Irritiert schaue ich ihm hinterher.

Im nächsten Moment dreht er sich gutgelaunt zu mir. „Besuchst du Leo heute?"

„Ja und Aaron kommt auch mit. Komm doch auch mit, wir gehen ins ME Hotel. Leo lädt uns an der Bar ein."

Anerkennend schaut Lucas mich an. „Klar, da komme ich gerne mit." Ich teile ihm mit, dass Leo sich mit uns um sieben Uhr in der Lobby treffen will und bitte ihn, ob er Aaron noch Bescheid geben kann.

Während ich in der Küche Karotten fürs Abendessen schäle kommt Lucas von hinten an mich heran und legt zärtlich seine Arme um meinen Bauch. Ich drehe mich um, lege meine Arme um seinen Nacken und wir küssen uns.

„Wie viel Zeit haben wir noch, bis du die Mädchen holen musst?", fragt er mich. Ich schaue auf die Uhr und stelle fest, dass ich noch zwei Stunden Zeit habe, bis ich los muss.

„Warum, was hast du denn noch vor?", necke ich ihn. Er küsst mich erneut und hebt mich auf die Küchenanrichte. Er steht zwischen meinen Beinen und lehnt sich an mich. Es fällt mir schwer, ihm das gerade jetzt zu sagen, aber trotzdem muss ich es loswerden. „Lucas, ich habe über unser erstes Mal nachgedacht und ich möchte es nicht so zwischen Tür und Angel erleben. Ich möchte dass wir richtig Zeit für uns haben und vor allem, dass wir ungestört sind. Bitte sei nicht sauer."

Enttäuscht flüstert er: „Was muss ich tun, damit du dich umentscheidest?"

Ich lächle ihn an und sage scherzhaft: „Wenn du mir noch ein paar so teure schöne Schmuckstücke schenkst, dann überlege ich es mir vielleicht."

Sein Grinsen wird breiter. „Das lässt sich regeln", meint er und küsst mich erneut. Wir küssen uns leidenschaftlich und zärtlich, aber zu mehr kommt es dieses Mal nicht. Er respektiert meinen Wunsch und macht keine Annäherungsversuche mehr.

Pünktlich um fünf Uhr kommt Aaron, um uns abzuholen. Gemeinsam fahren wir in die Stadt zu Leo.

Kapitel 34

Wir parken in einem nahegelegenen Parkhaus und gehen die wenigen Schritte zum ME Hotel zu Fuß. Vor uns erstreckt sich ein neunstöckiges Eckhaus, mit sehr moderner Architektur. Nachdem wir die große Lobby betreten haben, sehe ich Leo auf einem der bequemen weißen Sessel sitzen. Als sie mich entdeckt, laufen wir ungeduldig aufeinander zu und fallen uns in die Arme.

„Leo, wie geht's dir?", frage ich aufgeregt.

„Gut, und dir?", will sie im Gegenzug wissen.

Ich drehe mich um und stelle Leo meinen Begleitern vor. „Das ist Leonora, neben Rose meine beste Freundin".

Lucas reicht ihr die Hand und begrüßt sie freundlich. Aaron jedoch wirkt auf einmal etwas schüchtern, gibt ihr jedoch ebenfalls die Hand zur Begrüßung. In Leos Gesicht bemerke ich keinerlei Anzeichen von Verlegenheit, auch einen Kreischreflex muss sie offensichtlich nicht unterdrücken.

Als würde sie die Jungs schon ewig kennen, deutet sie hinter sich. „Wollen wir gleich nach oben fahren? Ich muss euch unbedingt meine Suite zeigen. So was habt ihr noch nicht gesehen!" Erstaunt stelle ich fest, dass ihre Aufregung sich mehr auf das exklusive Hotel bezieht, als auf die Anwesenheit der Popstars. Mit schnellen Schritten läuft sie voraus zu den Fahrstühlen.

Mit einem kurzen Schulterzucken bemerke ich lässig: „Dann schauen wir uns das Zimmerchen doch mal an". Wir eilen hinter Leo her und steigen gemeinsam in eine freistehende Kabine. Ein Liftboy mit Uniform sowie einer runden Mütze auf dem Kopf, drückt auf den Knopf für die neunte Etage. Leise setzt sich der Lift in Bewegung. Gerade, als ich mich frage, woher er wohl weiß, in welchem Zimmer Leo wohnt, öffnet sich auch schon die Fahrstuhltür. Direkt vor uns befindet sich eine breite, sehr moderne Tür, welche mit der Nummer 16 gekennzeichnet ist. Leo zieht ihre Magnetkarte aus der Tasche und hält sie an das Türschloss. Im nächsten Moment öffnet sich die Tür fast lautlos.

„Kommt rein!", fordert sie uns überschwänglich auf. Ich will ihr folgen, bleibe aber zwei Schritte später staunend sowie mit offenem Mund mitten in der Tür stehen. Wow! So einen schönen Raum habe ich noch nie gesehen. Ungeduldig schiebt mich Lucas von hinten weiter, gefolgt von Aaron.

„Setzt euch! Wollt ihr etwas trinken?", fragt Leo gutgelaunt. Bewundernd schaue ich mich um. Leo plappert ohne Pause darauf los. „Das ist der Wahnsinn oder? Das ist die ME Suite! Die beste und größte im ganzen Haus! 99 qm, drei Fernseher, zwei Playstations und ein Butler, wenn man es möchte. Und ich darf diese Suite zwei Nächte testen. Ist das nicht unglaublich?"

Endlich finde ich meine Sprache wieder. „Leo, du musst mir unbedingt das Badezimmer zeigen!", bringe ich aufgeregt hervor. Während wir die Suite durchqueren, schauen die Jungs sich nur amüsiert an. Vermutlich sind sie es gewohnt in solchen Hotels abzusteigen.

Leo führt mich ins Badezimmer, unsere Begleiter folgen uns. Abrupt bleibe ich stehen, kann mein Entzücken nur schwer unterdrücken. Weiße Wandfließen, graue große Marmorfließen am Boden, die eine Wand komplett verspiegelt und eine große weiße Badewanne! Zur Dusche sowie zur Toilette geht es links durch eine weitere Tür. Verblüfft drehe ich mich zu Lucas um, der mich grinsend beobachtet. Plötzlich werde ich mir meiner eigenen Reaktion bewusst. Verlegen stoße ich ihm leicht in die Seite.

„Machst du dich etwa lustig über mich?", will ich beleidigt wissen.

Mit erhobenen Händen wehrt er meine Anschuldigung ab. „Nein! Das würde ich nie tun! Würde es dir gefallen, auch einmal in so einer Suite zu übernachten?", kommt seine Gegenfrage.

„Wem würde das nicht gefallen!", stelle ich verwirrt fest. Als mein Blick zu Aaron wandert, bemerke ich, dass er Leo nicht aus den Augen lässt. Es gefällt ihm anscheinend, was er da sieht. Nicht nur, dass Leo umwerfend gut aussieht - sie ist auch kein „typischer Fan", der kreischt und fast in Ohnmacht fällt, wenn sie Stars gegenübersteht. Sie verhält sich ganz natürlich und das scheint Aaron zu imponieren. Mit ihren großen, rehbraunen Augen und ihrem langen, brünetten Haar, hat sie schon so manchem Jungen die Augen verdreht. Ihre sportliche Figur passt zu ihrer kecken Art, schüchtern habe ich sie nur selten erlebt. Deshalb wundert es mich auch, dass sie jetzt, nachdem sie Aaron in die Augen geschaut hat, plötzlich ruhig wird. Schnell blickt sie zu Boden und bekommt rote Wangen.

Die Suite erstreckt sich über zwei Etagen. Wir gehen in das obere Stockwerk und kommen in ein Wohnzimmer, welches rundum verglast ist. Ein wunderschönes, beeindruckendes Panorama von ganz London erstreckt sich vor uns. Lucas legt seinen Arm um meine Schultern und zieht mich ans Fenster.

„Schau dort drüben, da ist das Londen Eye und davor die Themse." Er deutet auf die linke Seite und erklärt: „Dort hinten ist die Tower Bridge und unter uns liegt der Covent Garden, dahinter der Travalgar Square." Lächelnd gibt er mir einen Kuss.

„Hey Leute, kommt mit, ich habe einen privaten Zugang zur Dachterrasse der Roof Bar. Da können wir etwas trinken, wenn ihr wollt", ruft Leo uns zu. Wir folgen ihr ein paar Stufen nach oben und durch eine Glastür nach draußen. Links und rechts verteilen sich mehrere gemütliche weiße Sitzgruppen, jeweils um einen kleinen runden Tisch. Einige Meter weiter befindet sich eine spitze Glaskuppel, in welcher die Bar untergebracht ist. Wir setzen uns auf eine der Sitzgruppen und bestellen, nach eingehendem Studium der Karte, unsere Getränke.

„Hast du morgen Abend Zeit, oder musst du hier anwesend sein?", frage ich Leo.

„Nein, ich habe nur tagsüber ein paar Führungen und Gespräche mit irgendwelchen Leuten vom Hotel. Abends habe ich Zeit", meint sie neugierig.

„Gut! Rose kommt doch morgen und wir wollen mit den Jungs ausgehen, in einen angesagten Club hier um die Ecke." Freudig nimmt sie die Einladung an. Anschließend unterhalten wir uns über meine Zeit in London und was ich bisher alles erlebt habe. Leo erzählt von zu Hause und von ihrem Job. Gegen Mitternacht verabschieden wir uns von unserer Gastgeberin. Während wir zur Tiefgarage gehen, bemerke ich, dass Aaron auffällig still ist.

Besorgt spreche ich ihn darauf an. „Aaron, was ist los? Von dir hört man ja heute gar nichts."

Nachdenklich schaut er mich an. Schließlich fragt er: „Hat Leo eigentlich einen Freund?"

Überrascht ziehe ich meine Augenbrauen hoch. „Hast du etwa Interesse an ihr?"

„Hmmm, vielleicht", gibt er beiläufig zu. Die Antwort auf seine Frage bleibe ich ihm schuldig. Er muss Leo schon selbst fragen, ob sie einen Freund hat. Ich bin mir nicht sicher, ob meine Informationen gerade auf dem aktuellen Stand sind.

Als wir zu Hause ankommen, steigt Aaron in seinen Wagen um. Nachdem wir uns von ihm verabschiedet haben gehen Lucas und ich Arm in Arm ins Haus.

Leise schleichen wir die Treppe hinauf, um niemanden aufzuwecken. Lucas öffnet seine Tür und zieht mich mit zu sich ins Zimmer. Während wir uns küssen, drängt Lucas mich nach hinten, bis ich auf sein Bett falle. Er legt sich auf mich, wobei unsere Küsse immer leidenschaftlicher und drängender werden. Als Lucas seine Hand unter mein T-Shirt schiebt, um zärtlich über meine Haut zu streicheln, löse ich mich abrupt von ihm und schiebe ihn ein Stück von mir.

„Lucas, sorry! Aber hier kann ich einfach nicht. Ich habe immer das Gefühl, dass wir gleich gestört werden. Das hat sich mittlerweile so in meinen Hinterkopf eingebrannt, dass ich mich nicht entspannen und es genießen kann. Außerdem will ich mehr Zeit für das erste Mal haben und nicht vor Müdigkeit fast umfallen."

„Bist du schon so müde?", fragt Lucas ungläubig.

„Nein … ja, ein bisschen vielleicht, aber darum geht es gar nicht", antworte ich verstört.

Er steht auf und schaut mich verständnisvoll an. „Okay, Babe! Ich habe da einen Plan, der wird dir sicherlich gefallen. Du musst dich aber noch zwei Tage gedulden."

Fragend schaue ich ihn an. „Was für einen Plan? Was hast du vor?"

Er zieht mich vom Bett hoch und nimmt mich in seine Arme. „Das wird eine Überraschung!", erklärt er schmunzelnd und küsst mich erneut.

Verliebt schaue ich ihm in die Augen. „Kann ich vielleicht trotzdem heute Nacht hier bleiben? Auch wenn wir nicht miteinander schlafen?"

Einen Augenblick spannt er mich auf die Folter, tut so, als müsse er ernsthaft überlegen. „Wir können es versuchen, aber ich kann für nichts garantieren".

„Okay, ich gehe schnell rüber und zieh mein Schlafshirt an, ich bin gleich wieder da", lächle ich ihn an und husche im nächsten Moment aus der Tür.

In Windeseile ziehe ich mich um, verlasse leise wieder mein Zimmer und schlüpfe bei Lucas durch den Türspalt. Er liegt bereits im Bett. Mit nacktem Oberkörper, die Decke bis zum Bauchnabel gezogen, wartet er auf mich. Lächelnd rückt er ein Stück zur

Seite, hebt die Decke leicht an und winkt mich herbei. Nervös hüpfe ich zu ihm ins Bett. Während Lucas mich in seine Arme nimmt, lege ich meinen Kopf auf seine Brust. Mit jedem Atemzug steigt mir sein Geruch, gemischt mit seinem Parfum, in die Nase. Mir wird ganz schwindelig. Ruhelos lege ich eine Hand auf seine nackte Haut, um mit den wenigen Brusthaaren zu spielen. Dabei stelle ich besorgt fest, dass es auch für mich schwer wird, mit ihm in einem Bett zu schlafen, ohne ihm dabei näher zu kommen. Während ich ihm in die Augen schaue überlege ich, wie ich mich verhalten soll. Ich erkenne die Sehnsucht in seinem Blick. Zärtlich küsse ich ihn.

„Wenn du möchtest, dass wir nebeneinander einschlafen, dann musst du das lassen, Julie", sagt er ernst.

„Darf ich dich nicht einmal küssen?"

„Doch, aber ich weiß nicht wie lange ich mich dann beherrschen kann", antwortet er ehrlich.

„Dann beherrschen wir uns eben nicht", gebe ich mein Vorhaben auf, da ich mir mittlerweile nicht mehr sicher bin, ob ich wirklich warten möchte. Ich rolle mich auf ihn und küsse ihn erneut. Ein leises Stöhnen entfährt ihm. Plötzlich packt er mich an beiden Armen und schiebt mich von sich.

Abrupt setzt er sich auf. „Julie! Bitte! Du hast deutlich gesagt, dass du es jetzt und hier nicht willst. Also mach es mir nicht so schwer! Ich will nicht, dass

du morgen bereust, dass wir nicht gewartet haben."
Um seine Worte zu untermalen hören wir in diesem
Moment Schritte auf dem Flur. Anschließend fällt die
Badtüre laut ins Schloss.

„Okay! Soll ich lieber in mein Zimmer gehen?",
frage ich zerknirscht.

„Wenn wir heute noch schlafen wollen, dann wäre
es wohl besser", antwortet er ebenso bedauernd.

Ich beuge mich über ihn und küsse ihn ein letztes
Mal lange und leidenschaftlich. Dann löse ich mich
von ihm, stehe auf und verlasse schnell sein Zimmer.

Kapitel 35

Heute ist Samstag und wir können ausschlafen. Rose wird von Leo am Nachmittag vom Flughafen abgeholt. Ich strecke mich genüsslich im Bett und denke an gestern Abend. Was hat Lucas damit gemeint, dass er etwas geplant hat? Aber erst in zwei Tagen, also morgen? Es wird sicher eine schöne Überraschung! Als ich noch im Bett liege und meinen Gedanken nachhänge, klopft es an meine Tür. Sicher in der Annahme, dass es sich um Lucas handelt, der mich wecken will, raune ich in verführerischem Ton: „Herein".

Die Tür schwingt auf und Liz steht auf der Schwelle. „Guten Morgen Julie", sagt sie freundlich. „Ich wollte dich nicht wecken, aber Claire ist unten und möchte zu dir."

Peinlich berührt antworte ich schnell: „Oh! Nein! Ich war schon wach. Danke Liz! Sag ihr bitte, ich komme gleich runter". Während ich mich in Windeseile im Bad fertig mache und anziehe, überlege ich, warum Claire schon so früh hier auftaucht. Sie weiß doch, dass wir erst am Abend in den Club gehen. Ich eile die Treppe hinunter und ins Wohnzimmer, wo sie bereits, auf dem Sofa sitzend, auf mich wartet.

„Hey Julie!", sagt sie etwas betreten. Während ich auf sie zugehe, fällt mir gerade noch ein, dass sie ja heute Geburtstag hat. Freundschaftlich umarme ich sie. „Alles Gute zum Geburtstag, Claire".

Sie grinst verlegen, aber anstatt sich zu bedanken redet sie einfach weiter. „Hast du heute Lust mit mir shoppen zu gehen? Ich habe 200 Pfund von meinen Eltern bekommen und würde die gerne mit dir zusammen ausgeben". Ein verschmitztes Lächeln trifft mich. Mist! Eigentlich wollte ich heute mit Lucas zusammen sein, vielleicht auch noch Rose treffen. Claire bemerkt, dass ich ihrem Vorschlag nicht die Begeisterung entgegenbringe, die sie erwartet hat und bekommt einen traurigen Gesichtsausdruck.

Gewissenhaft versuche ich einen Kompromiss zu finden und schlage schließlich vor: „Claire … es ist … pass auf, ich gehe mit dir shoppen, aber wir müssen um Drei Uhr zurück sein. Ich muss mich schließlich für heute Abend noch fertig machen."

Überglücklich fällt sie mir um den Hals. „Ich freu mich Julie! Bist du fertig oder willst du noch frühstücken?"

„Wir können schon los, ich esse in der Stadt eine Kleinigkeit", entgegne ich überzeugt. Während ich nach meiner Handtasche greife, wende ich mich an Liz: „Kannst du Lucas bitte ausrichten, dass ich mit

Claire in der Stadt bin und um Drei Uhr wieder zurück komme?"

„Ja, natürlich! Viel Spaß!", bestätigt Liz und winkt uns nach.

Wir fahren mit dem Bus ins Zentrum von Tunbridge Wells. Dort betreten wir sodann einen Laden, den Claire öfter aufsucht und schlendern zwischen den Kleidern und Röcken hindurch. Claire zeigt mir ein schwarzes Minikleid mit schwarzen Pailletten sowie einem weiten Ausschnitt.

„Das muss ich unbedingt anprobieren", meint sie begeistert und verschwindet im nächsten Moment in der Umkleidekabine. Während Claire sich umzieht, schaue ich mich weiter im Verkaufsraum um, finde aber nichts, was mich anspricht. Nach einigen Minuten öffnet sich der Vorhang und Claire präsentiert mir ihren, nun vom schwarzen Stoff, verdeckten schlanken Körper. Ich finde das Kleid schön, es passt ihr gut, aber es ist auch sehr aufreizend.

„Für welchen Anlass möchtest du das Kleid denn anziehen?", frage ich neugierig.

Fassungslos schaut sie mich an. „Für heute Abend natürlich!". Dabei dreht sie sich vor dem Spiegel von einer Seite zur anderen und begutachtet sich. Sie wartet meine Meinung nicht ab, sondern sagt spontan: „Das nehme ich, das passt gut". Schließlich ist sie doch noch an meiner Meinung interessiert. „Was meinst du, Julie?" Da ich schnell erkannt habe, dass es keinen Sinn macht, mit Claire über den geeigneten Anlass des Kleides zu diskutieren, nicke ich bestätigend.

Nach dem erfolgreichen Einkauf ist Claire fast euphorisch und wir klappern noch einige andere Geschäfte ab, jedoch ohne etwas Passendes zu finden. Zwischendurch stärke ich mich mit einem Donut, um nicht schlapp zu machen. Nach einer gefühlten Ewigkeit gehen wir zu Starbucks, holen uns einen Cafe Latte und setzen uns an einen freien Tisch. Stöhnend massiere ich meine schmerzenden Füße.

Claire schaut mich verdutzt an. „Tun dir etwa jetzt schon die Beine weh? Wir haben doch gerade erst angefangen, wir sind noch nicht einmal die Hälfte der Läden durch!"

Nach einem Blick auf meine Uhr, stelle ich bedauernd fest: „Claire, es ist jetzt halb Zwei, ich möchte um Drei Uhr wieder zu Hause sein, also können wir eh nicht mehr lange bleiben."

Traurig wendet sie ein: „Hast du dann heute Abend noch einmal Zeit für mich? Ich meine, bevor wir uns um Acht Uhr mit den anderen treffen?" Warum beschleicht mich das Gefühl, dass sie wie eine Klette an mir hängt? Das wird mir gerade etwas unangenehm.

Da Claire bemerkt, dass ich mit meiner Antwort zögere, schickt sie ihrer Frage einen mitleidigen Satz hinterher: „Sonst bin an meinem Geburtstag ja doch alleine!"

Obwohl sie mit traurig gesenktem Blick vor mir sitzt, bleibe ich dieses Mal konsequent. „Claire, es tut mir leid, aber ich möchte mich noch fertig machen. Außerdem habe ich Lucas heute noch nicht gesehen und ..."

„Ist schon gut, ich habe es schon verstanden, dass du lieber mit Lucas zusammen bist", unterbricht sie mich beleidigt.

Zum Glück sieht sie nicht, wie ich meine Augen verdrehe. „Wir sehen uns doch heute Abend und dann die ganze Nacht im Club. Hör zu, wir gehen jetzt noch in den Taschenladen, in welchen du unbedingt rein wolltest und dann fahren wir nach Hause. Und später ziehst du dein tolles kurzes Kleid an, o.k.?".

Mit einem mühsamen Lächeln auf den Lippen schaut Claire zu mir auf. „In Ordnung, dann lass uns gehen".

Es dauert natürlich etwas länger in dem Laden, so dass wir erst gegen halb Vier zu Hause ankommen. Der rote Mini steht noch vor der Tür und ich freue mich darauf, Lucas zu sehen.

Im Wohnzimmer treffe ich auf Liz. „Ach Julie, Lucas hat sich mit den Jungs getroffen. Er weiß noch nicht bis wann er zurück ist." Meine Enttäuschung darüber, dass Lucas nicht da ist, kann ich nur schwer verbergen. Ich gehe in mein Zimmer und versuche, Lucas auf seinem Handy zu erreichen. Nach viermaligem Klingeln geht die Mailbox an. Enttäuscht lege ich auf und durchsuche meinen Kleiderschrank nach einem passenden Outfit für den Abend.

Um Sieben Uhr klopft es an meiner Tür und Lucas kommt herein. Beleidigt lasse ich mich von ihm umarmen.

„Hey Babe, was ist los?", fragt er besorgt.

„Wo warst du solange? Ich bin extra früher aus der Stadt zurückgekommen, weil ich noch etwas mit dir unternehmen wollte", äußere ich enttäuscht.

„Wir haben auf dich gewartet, aber als du dann nicht gekommen bist, wollte Eddie unbedingt los, weil wir eh schon spät dran waren. Wir waren mit den Jungs zum Fußballspielen verabredet. Es bleibt uns sehr wenig Zeit für solche Aktivitäten, deshalb kann es dann schon mal vorkommen, dass es später wird." Mit seinem innigen Kuss schafft er es, dass ich ihm sofort verzeihe.

„Weißt du schon was du heute Abend anziehst?", will er neugierig wissen.

„Ja! Lass dich überraschen!"

„Ich muss erst einmal unter die Dusche!", sagt er erschöpft und gibt mir zum Abschied einen Kuss.

Ich schlüpfe in mein Kleid und trete vor den Spiegel. Nach eingehender Betrachtung stelle ich fest, dass das schulterfreie, knielange rote Kleid mir sehr gut steht. Ich betone meine Augen mit Mascara und lege einen rosafarbenen Lipgloss auf. Anschließend gehe ich ins Wohnzimmer, um dort auf Lucas und die anderen zu warten.

Kurze Zeit später kommt Lucas die Treppe hinunter. Mit klopfendem Herzen beobachte ich ihn, wie er lässig das Wohnzimmer betritt. Er trägt eine schwarze Hose, ein weißes T-Shirt und darüber ein graues Sakko. Darf ein Mann so gut aussehen?

Lächelnd zieht er mich an sich. „Du bist ja richtig heiß", haucht er mir entgegen. Anschließend wandert sein Blick an mir herab.

Geschmeichelt gebe ich das Kompliment zurück. „Du schaust aber auch nicht schlecht aus".

Grinsend geht er in die Küche, um sich etwas zu trinken zu holen.

Einen Augenblick später läutet es an der Haustür. Als ich öffne, steht Claire, mit ihrem unverschämt kurzen Minikleid, vor mir. Ihre Haare hat sie hochgesteckt und sie ist ziemlich stark geschminkt. Sie schiebt sich an mir vorbei ins Wohnzimmer. Die Begrüßung zwischen Lucas und ihr fällt kurz und unterkühlt aus. Lucas betrachtet Claire von oben bis unten, wobei er kaum sichtbar seinen Mund verzieht. Anschließend dreht er sich wieder weg.

Kurze Zeit später trifft Aaron ein. Ryan, Eddie und Miguel fahren direkt zum Club und Rose sowie Leo kommen zu Fuß vom Hotel aus.

Wir bestellen uns ein Taxi und fahren nach London in den Club Project.

Dort angekommen erkennen wir, dass eine beachtliche Menge von Leuten vor dem Club ansteht. Lucas nimmt mich an der Hand und zieht mich an der Warteschlange vorbei direkt zum Eingang. Aaron und Claire folgen uns. Der Türsteher, ein kräftiger muskelbepackter Typ, erkennt Lucas und Aaron sofort und lässt uns ohne Probleme durch. Über eine breite Treppe, gelangen wir in den Keller, wo uns sofort laute Musik entgegendröhnt.

Kapitel 36

Lucas verschafft sich einen kurzen Überblick in dem Lokal und entdeckt in einer Ecke Eddie, Ryan und Miguel. Wir steuern auf sie zu und begrüßen uns alle gutgelaunt. Nachdem ich mich neben Lucas auf das schwarze bequeme Ledersofa gesetzt habe, schaue ich mich in dem Club um. Eine große Bar, von unten und hinten blau beleuchtet steht an der rechten Seite des Raumes. Rings um die Tanzfläche, auf welcher wohl auch Tabledancer auftreten, stehen bequeme schwarze Ledersofas mit Tischen. An allen vier Ecken befinden sich große Boxen, aus denen der Bass der Musik dröhnt. Es ist sehr laut, deshalb müssen wir uns sehr nahe kommen, um uns unterhalten zu können.

Claire setzt sich neben mich und verhält sich auffällig ruhig, was mich wundert, nachdem sie heute Nachmittag so aufgedreht war.

Aaron und Miguel stehen auf und rufen uns zu: „Wir gehen mal raus und sorgen dafür, dass Rose und Leo ohne Probleme rein kommen". Eddie winkt der Bedienung und bestellt eine Flasche Champagner. Erstaunt ziehe ich meine Augenbrauen nach oben. Champagner! Na das fängt ja gut an! Noch bevor die Flasche des teuren Sprudelwassers gebracht wird, kommen Aaron und Miguel mit Rose und Leo zurück.

Ich springe auf und begrüße meine besten Freundinnen mit einer herzlichen Umarmung. Dann stelle ich den beiden Claire vor, die nur schüchtern lächelt und ihnen die Hand reicht.

Schnell füllt sich der Club und es wird voller, heißer und lauter. Als das Lied *Scream* von Usher ertönt springt Rose auf einmal auf und zieht mich sowie Leo an den Händen hoch. „Los kommt endlich tanzen!", fordert sie uns auf und zieht uns auf die Tanzfläche. Ein kurzer Blick zu Lucas verrät mir, dass er mich verliebt von oben bis unten mustert. Ich winke Claire zu, sie solle doch auch mitkommen. Diese schüttelt jedoch nur leicht den Kopf und bleibt sitzen.

Wir wippen im Takt der Musik auf die Tanzfläche. Immer mehr ziehen mich die Rhythmen der Musik in ihren Bann. Ich bewege mich zunehmend erotischer und verschmelze regelrecht mit der Musik. Als ich für einen Augenblick zu unserem Tisch schaue, bemerke ich, wie Claire näher an Lucas heranrückt. Lucas jedoch hat offenbar nur Augen für mich, da er seinen Blick nicht abwendet. Noch bevor ich mir Gedanken über Claires Verhalten machen kann, erklingen die ersten Töne von *Can't hold us* von Macklemore. Ausgelassen lasse ich mich von dem Rhythmus der Musik treiben. Nachdem auch dieses Lied zu Ende ist, begeben wir uns zurück an unseren Tisch. Es wird viel getrunken, anfangs nur Champagner, später auch Longdrinks und Alkopops.

Die Stimmung wird immer ausgelassener und lustiger. Wir lachen viel, da den Jungs immer wieder neue Geschichten einfallen, die uns Mädchen begeistern und belustigen.

Später am Abend ertönt die raue Stimme des DJ's: „Und jetzt ein Lied für alle Verliebten". Leise beginnt das Lied *Run* von Leona Lewis.

Übermütig greife ich nach Lucas Hand und stehe auf. „Los komm, lass uns tanzen!".

Lustlos verzieht er den Mund. „Muss das sein?"

„Bitte!", flehe ich ihn an und küsse ihn auf den Mund. Er lässt sich überreden und folgt mir auf die Tanzfläche. Rose schnappt sich Miguel und Aaron geht zu Leo, um sie zum Tanz aufzufordern.

Eng umschlungen stehen wir auf der Tanzfläche und tanzen mit unserem Partner. Ich lege meine Arme um Lucas Hals, während er seine hinter meinem Rücken verschränkt. Dabei legt er seine Hände knapp oberhalb meines Pos, um mich fest an sich zu drücken. Nach einem leidenschaftlichen Kuss, lege ich meinen Kopf an seine Schulter. Wir geben uns völlig der ruhigen Musik hin. Als ich für einen kurzen Moment meine Augen öffne, sehe ich Claire, wie sie mich und Lucas beobachtet. Sie wirkt sehr in Gedanken verloren. Als sie jedoch bemerkt, dass ich sie anschaue, lächelt sie mich schnell an.

Zur gleichen Zeit auf dem Sofa:

Eddie und Ryan beobachten die Tanzenden, als Eddie meint: „Komm, lass uns an die Bar gehen, vielleicht finden wir auch was zum Kuscheln". Dabei zwinkert er Ryan hoffnungsvoll zu, bevor sie aufstehen und die Sitzgruppe verlassen. Claire haben sie dabei nicht weiter beachtet. Sie kommt sich etwas blöd vor, so ganz alleine am Tisch. Sie beobachtet Julie und Lucas. Dabei verengen sich ihre Augen. Sie kann es nicht ertragen, Lucas mit einer anderen Frau zu sehen. Sie liebt ihn, seit er vor sechs Jahren in dem Haus gegenüber eingezogen ist. Damals war er noch nicht berühmt! Claire ist sich sicher, dass sie die Einzige ist, die wirklich IHN liebt und nicht sein Geld oder seinen Ruhm. Sie war sogar für kurze Zeit, als beide noch sehr jung waren, mit Lucas zusammen. Bereits nach zwei Wochen hat er allerdings Schluss gemacht. An Isabel ist sie nicht herangekommen. Sie hatte nie die Möglichkeit, sich mit ihr anzufreunden. Bei Julie aber hat es funktioniert! Jetzt hat Lucas sogar Isabel verlassen. Wenn sie es jetzt noch schafft, Julie loszuwerden, dann hat sie ihn für sich allein. Claire weiß, dass sie aufpassen muss, dass die beiden nicht misstrauisch werden, das würde ihren ganzen Plan ruinieren. Plötzlich bemerkt sie, dass Julie sie beobachtet. Schnell setzt sie ihr einstudiertes Lächeln auf, bis Julie sich wieder wegdreht.

Als das Lied zu Ende ist gehen wir Arm in Arm zu unserem Platz zurück.

Besorgt beuge ich mich zu Claire: „Ist alles in Ordnung? Du sitzt ja ganz alleine hier?"

Lächelnd antwortet sie: „Ja, jetzt haben mich Eddie und Ryan auch noch verlassen". Scherzend fängt sie an zu grinsen, dabei stößt sie mit ihrem Glas gegen meines. Ich finde es gut, dass Claire, obwohl sie alleine ist, nicht eifersüchtig ist, sondern uns unser Glück vergönnt. Deshalb erhebe ich mein Glas und sage laut: „Auf das Geburtstagskind, Claire". Mit lauten Glückwünschen erheben die anderen ebenfalls ihre Gläser, um auf Claire anzustoßen. Als ich mich zu Lucas drehe, sehe ich, dass er erneut nachdenklich wirkt.

Liebevoll beuge ich mich zu ihm und flüstere ihm ins Ohr: „Denkst du gerade an etwas Schönes?" Dabei küsse ich ihn zärtlich auf sein Ohr. Mit beiden Händen umgreift er mein Gesicht, um mich liebevoll und mit Nachdruck zu küssen.

Erneut werden Getränke bestellt und die Stimmung ist ausgelassen. Mittlerweile sind sich auch Aaron und Leo näher gekommen und tauschen zärtliche Küsse aus. Rose und Miguel liegen eng umschlungen in der Ecke des Sofas.

Zur gleichen Zeit an der Bar:

Eddie und Ryan stehen an der Bar und schauen sich um. Am Ende des Tresens steht ein junges Mädchen, vielleicht zweiundzwanzig Jahre, mit einem sehr knappen Oberteil und einem noch knapperen Minirock. Sie hat wasserstoffblondes langes Haar und auffällig stark geschminkte Augen.

Eddie stößt Ryan mit seinem Ellbogen an. „Hey, hast du Lust, dass wir Virgin und Justin spielen?" Ryan schaut ihn an und kann sich ein Grinsen nicht verkneifen. Die beiden haben das schon einmal gespielt und sich danach noch tagelang darüber amüsiert.

Ryan nickt zu der blonden Schönheit mit Körbchengröße Doppel-D hinüber. „Du meinst die, oder?".

„Ja, willst du anfangen?", grinst Eddie. Ryan gibt Eddie einen Handschlag und geht mit seinem Getränk zu dem Mädchen hinüber. Eddie dagegen dreht sich um und begibt sich zu den anderen an den Tisch zurück.

Wir hören der Musik zu, während ich in Lucas Arm liege. Langsam entfaltet der Alkohol seine Wirkung. Ich werde ausgelassener und finde fast alles lustig. Aber ich werde auch ungehemmter und kann meine Hände immer schwerer von Lucas lassen. Als ich spüre, dass die Flüssigkeit auf natürlichem Wege auch wieder aus mir hinaus will, stehe ich auf.

„Kommt ihr mit auf die Toilette?", wende ich mich an Rose, Leo und Claire. Rose und Leo lösen sich aus den Umarmungen ihrer Freunde. Claire schüttelt jedoch den Kopf und bleibt neben Lucas sitzen.

„Typisch Mädchen! Müssen immer zusammen auf die Toilette gehen", neckt Miguel uns. Rose lächelt ihn verliebt an, bevor sie Leo und mir folgt. Auf der Toilette wird natürlich nicht nur dem Drang Wasser zu lassen nachgegangen, sondern auch dem Mitteilungsbedürfnis. Vor den Spiegeln drängeln sich die weiblichen Clubbesucher. Sie schminken sich und erzählen sich diverse Einzelheiten von irgendwelchen Jungs.

Als wir endlich einen freien Spiegel entdeckt haben und unsere Handtaschen öffnen frage ich Leo: „Ist das mit Aaron und dir was Ernstes?"

Beiläufig zuckt sie die Schultern. „Weiß ich noch nicht. Er ist halt total süß! Hast du eigentlich bemerkt, dass er total gut küssen kann?" Ich überlege kurz und muss gestehen, dass er wirklich gut küsst, aber dass es mit Lucas trotzdem tausendmal schöner und besser ist.

„Dann genieß es einfach!", wünsche ich ihr und wir fangen an, unsere Augen und Lippen nachzuschminken.

Zur gleichen Zeit auf dem Sofa:

Claire und Lucas sitzen schweigend nebeneinander, während Miguel und Aaron sich unterhalten. Lucas würde Claire gerne auf etwas ansprechen, überlegt jedoch, wie er es am besten anstellen soll. Sie dreht sich zu ihm und lächelt ihn verlegen an. Eigentlich war es ihm unangenehm, als Julie vorgeschlagen hat, dass Claire mit in den Club kommt. Da er aber Julie keinen Wunsch abschlagen kann, hat er zugestimmt. Er hat Claire anders in Erinnerung, als Julie sie ihm beschrieben hat. Julie meint, sie sei ihr eine gute Freundin geworden. Er kennt Claire seit sechs Jahren, war anfangs sogar kurz mit ihr zusammen. Allerdings war sie so besitzergreifend und eifersüchtig, dass er die Beziehung schnell wieder beendet hat. Über die Jahre hinweg hatte er keinen Kontakt mehr zu Claire. Ihm ist jedoch aufgefallen, dass sie, wenn er zu Hause war, oft auf der Straße herumlungert und sein Haus beobachtet hat.

Er fasst seinen Mut zusammen und dreht sich zu ihr um: „Claire, du feierst doch heute Geburtstag, richtig?", fragt er sie.

„Ja, warum?", will sie unsicher wissen.

Lucas kratzt sich nachdenklich am Hinterkopf. „Das ist seltsam, weil ich mir eigentlich sicher bin, dass du kurz vor Weihnachten Geburtstag hast. Das weiß ich deshalb, weil wir damals darüber gescherzt haben, dass du dann weniger Geschenke bekommst." Schnell wendet Claire sich ab. Angestrengt überlegt sie, wie sie sich jetzt verhalten soll. Weiterlügen oder frontal angreifen?

Sie entscheidet sich für Letzteres und dreht sich zu Lucas um: „Hör mal, es tut mir echt leid, dass ich Julie angelogen habe, aber ich wollte unbedingt mit ihr und auch euch mal was unternehmen. Ich mag Julie wirklich und sie hätte mich nicht mitgenommen, wenn ich keinen guten Grund gehabt hätte."

„Ist das der einzige Grund? Oder bist du eifersüchtig auf sie?"

„Nein! Das ist schon lange vorbei! Ihr seid ein schönes Paar finde ich. Es geht mir wirklich nur um die Freundschaft zu Julie. Ich bin gerne mit ihr zusammen."

Lucas bemüht sich, ihr zu glauben. Wenn es nicht die Wahrheit wäre, warum hätte sie sonst zugeben sollen, dass sie Julie wegen ihres Geburtstags angelogen hat?

Nachdem wir unsere Schminke wieder aufgefrischt haben, verlassen wir die Toilette. Rose und Leo gehen sofort nach rechts weg in Richtung Tanzfläche. In dem Moment bemerke ich links von mir eine Bewegung. Ich muss zweimal hinsehen, um zu erkennen, wen ich da sehe. Ein paar Schritte von mir entfernt, am Ende des Ganges, steht mit dem Rücken zu mir Ryan und küsst ein blondes Mädchen. Allerdings nicht gerade zärtlich und behutsam, sondern eher gierig und fordernd. Während er eine Hand an ihren Brüsten hat, liegt die andere unter ihrem Rock am Po. Sie streichelt unaufhaltsam seinen Rücken. Fassungslos drehe ich mich um, um schnell zurück zu den anderen zu gehen.

Noch immer schockiert von Ryans unromantischem Date erzähle ich Lucas davon. „Weißt du, wen ich da hinten in der Ecke knutschend mit einem Mädchen gesehen habe? …Ryan!"

Obwohl Lucas mir meine Bestürztheit anmerkt, erklärt er ungerührt: „Das ist nicht so ungewöhnlich wie du glaubst, Julie! Auf unseren Tourneen haben wir täglich mehrmals die Gelegenheit zu solchen Quickies."

Bestürzt schaue ich ihn an, aber er beruhigt mich sofort: „Keine Angst, ich stehe nicht auf solche Affären. Bei mir hat Sex auch etwas mit Liebe zu tun". Dabei küsst er mich so zärtlich, dass ich nicht einen Moment an seiner Aussage zweifle. Wenige Minuten später kommt ein strahlender Ryan zu uns an den Tisch und setzt sich neben Eddie. Er unterhält sich kurz mit ihm, wobei beide in Richtung Bar schauen, wo das blonde Mädchen sich gerade auf einen Barhocker setzt. Plötzlich steht Eddie auf und steuert auf die Bar zu. Er stellt sich neben das Mädchen und fängt mir ihr ein Gespräch an. Sprachlos beobachte ich Ryan, der die Situation kurz beobachtet und sich anschließend lächelnd seinem Drink widmet.

Zwanzig Minuten später steht Ryan plötzlich auf und geht in Richtung Toiletten. Mir ist mittlerweile schon etwas schwindlig, der Alkohol fließt in Mengen und ich habe sicher schon mehr getrunken, als ich vertrage. Jedoch habe ich keine Lust aufzuhören und trinke weiter. Gelegentlich tanze ich mit Rose oder Leo und selbst Claire ist zwischenzeitlich einmal mit auf die Tanzfläche gegangen. Immer wenn ich zurückkomme, werfe ich mich Lucas in die Arme und küsse ihn leidenschaftlich.

Zur gleichen Zeit bei den Toiletten:

Mittlerweile steht Eddie mit der blonden Schönheit in der Ecke bei den Toiletten. Er küsst und befummelt sie, als gäbe es kein Morgen. Während einer kurzen Verschnaufpause schaut er sie fragend an. „Hast du auch einen Namen?"

Sie zeigt ihre weißen Zähne und antwortet verführerisch: „Chantal".

„Chantal", wiederholt Eddie ebenso verführerisch. „Und was machst du so Chantal, wenn du nicht mit hübschen Jungs in der Ecke stehst und rumknutschst?"

Voller Stolz schaut Chantal ihn mit ihren großen blauen Augen an. „Ich bin Sängerin und Schauspielerin, eigentlich schon ein TV-Star".

Beeindruckt hebt Eddie seine Augenbrauen. „Ein TV-Star? Was machst du denn für tolle Sachen im Fernsehen?"

Sie scheint kurz zu überlegen, bevor sie antwortet: „;Meistens habe ich nur kleine Rollen, aber ich war schon einmal eine Leiche und eine Prostituierte. Und manchmal spiele ich sexy Frauen, die jeden haben können und mit jedem ins Bett hüpfen."

„Ach! Das spielst du dann ja? Du kannst sicher gut spielen", raunt Eddie ironisch, was Chantal aber anders versteht. Sie glaubt, er hat ihr ein Kompliment gemacht, worauf sie ihn angrinst. Erneut küssen sie sich wild und gierig.

Wenige Sekunden später landet eine kräftige Männerhand auf Eddies Schulter und zieht ihn von Chantal weg.

„Justin!", ruft Ryan in einem entsetzten und sehr homosexuell angehauchten Ton.

Erschrocken dreht Eddie sich um. „Oh, Virgin! Was machst du denn hier?" Chantal schaut verstört zwischen den beiden Männern umher. Sie erkennt Virgin wieder und wird plötzlich unsicher. Solche Situationen hasst sie, denn die gehen meist nicht gut aus. Ryan schaut Chantal abwertend an und stupst ihr mit seinem Finger an die Schulter. Dabei stößt er mit seiner verstellten Stimme und gespielt zickiger Art aus: „Schämst du dich denn gar nicht, mir meinen Liebsten wegzunehmen? Bleib doch bei den Typen, die auf so was wie dich stehen. Aber lass uns anständige Jungs zufrieden!" Dabei mustert er sie abfällig von oben bis unten und verzieht dabei den Mund. Anschließend legt er seinen Arm um Eddie und säuselt: „Komm Honey! Eine heiße Nacht wartet auf uns." Eddie und Ryan drehen sich um und wackeln Arm in Arm in Richtung Bar. Chantal steht mit offenem Mund da und versteht die Welt nicht mehr. Sie braucht noch eine ganze Minute, um zu begreifen, dass sie mit Männern rumgemacht hat, die schwul sind. So etwas ist ihr noch nie passiert!

Ich liege noch immer bei Lucas im Arm, als Eddie und Ryan lachend zu unserem Tisch zurückkommen. Sie lassen sich in die Sitze fallen und prosten sich zu.

„Was ist denn so lustig?", will ich neugierig wissen.

Eddie schaut mich an und will anfangen zu erzählen, muss aber schon wieder lachen, so dass Ryan uns aufklärt: „Wir haben Justin und Virgin gespielt". Plötzlich muss auch er wieder lachen. Ich schaue die beiden verständnislos an.

Nachdem Lucas kurz in das Gelächter eingefallen ist, klärt er mich auf: „Die beiden haben mal wieder ein Mädchen hereingelegt." Da ich erneut nur verständnislos dreinblicke, erzählt mir Lucas die ganze Geschichte kurz, aber verständlich. Plötzlich wird mir klar, warum ich Ryan vorhin mit dem Mädchen in der Ecke gesehen habe. Erleichtert lasse ich mich zurücksinken und amüsiere mich über den Einfallsreichtum der Jungs.

Nachdem wir uns langsam wieder beruhigt haben, hebt Aaron sein Glas und prostet uns zu: „Stoßen wir auf unsere Tournee durch China an! Auf dass sie so spektakulär wird wie die anderen zuvor". Wir stoßen an und feiern ausgelassen weiter.

Nach einigen Minuten wende ich mich an Lucas. „Wann müsst ihr denn los nach China?"

Ahnungslos zuckt er die Schultern. „Das steht noch nicht fest. Am Dienstag oder Mittwoch."

Traurig blicke ich ihm in die Augen, woraufhin er mich mit einem liebevoll Kuss tröstet. Ohne zu wissen, woher sie kommen, stehen plötzlich neun gefüllte Schnapsgläser auf unserem Tisch. Obwohl wir alle schon zu viel Alkohol getrunken haben, heben wir die Gläser an und kippen das hochprozentige Getränk hinunter.

Mittlerweile ist es drei Uhr morgens, so dass wir beschließen nach Hause zu fahren. Ich verabschiede mich von Leo und wünsche ihr schon mal einen guten Heimflug. Verliebt schmiegt sie sich in Aarons Arme. Mir ist klar, dass die beiden heute wohl zusammen in Leos Hotelzimmer übernachten. Wir bestellen uns zwei Taxis, die uns nach Hause bringen sollen. Bevor wir den Club verlassen, kommt Claire auf mich zu.

Freundschaftlich nimmt sie mich in den Arm. „Julie, fahrt ohne mich. Ich bleibe noch da. Da drüben steht ein Freund von mir, mit dem zieh ich noch ein bisschen um die Häuser. Aber danke für den schönen Abend." Nachdem sie sich auch von den anderen verabschiedet hat, geht sie zu einem tätowierten Typen an der Bar. Lucas nimmt mich in den Arm und bringt mich zum Ausgang. Kaum treten wir auf die Straße, merke ich, wie mir schwindlig wird. Ich kippe leicht zur Seite und drohe umzufallen, aber Lucas hält mich rechtzeitig fest. Es dreht sich alles um mich herum. Das Gefühl lustig und unbeschwert zu sein ist schön, aber die leichte Übelkeit sowie der Schwindel sind nicht angenehm.

Kapitel 37

Eddie und Ryan nehmen das eine Taxi, Lucas, ich, Rose und Miguel das andere. Wir haben ein Großraumtaxi, somit können Lucas und ich ganz hinten auf der Bank sitzen und Rose nimmt mit Miguel vor uns auf den Sitzen platz. Während der Wagen losfährt, kuschle ich mich in Lucas Arme. Ich bin müde und mir fällt auf, dass mir das Reden schwer fällt. Die Wörter verlassen nur undeutlich meinen Mund. Rose liegt in Miguels Arm, wobei sie auffällig leise sind. Neugierig beuge ich mich nach vorne und erkenne, dass beide eingeschlafen sind. Der Taxifahrer hört laute indische Musik und singt leise die ihm bekannten Lieder mit.

Lucas beugt sich über mich, um mich behutsam und zärtlich auf die Lippen zu küssen. Mein Mund öffnet sich leicht, während meine Zunge Einlass in seinen Mund sucht. Ein langer, leidenschaftlicher Zungenkuss folgt. Lucas beginnt mich zu streicheln. Seine Hand wandert über meine nackten Schultern bis zu meinen Brüsten. Trotz des Alkohols, oder gerade deshalb, spüre ich eine extreme Hitze in mir. Verlangend ziehe ich seinen Kopf näher an mich heran. Er wandert mit seinen Lippen an meinem Hals hinunter bis zu meinem Schlüsselbein. Leise stöhne ich auf, wobei ich sein T-Shirt nach oben schiebe. Ich drehe mich seitlich zu ihm, dabei küssen wir uns gierig und immer fordernder.

Ich lege meine Hand auf seinen warmen Bauch und streichle ihn zärtlich. Meine Finger wandern hinauf bis zur Brust und anschließend wieder hinunter zum Bauchnabel.

„Julie, was tust du da?", haucht mir Lucas ins Ohr. Ohne auf seine Frage zu reagieren, küsse ich ihn erneut und schiebe meine flache Hand langsam in seine Hose. Leise stöhnt er auf, während ich seine Lust genieße.

Einige Zeit später kommen wir vor dem Haus an und steigen aus. Wir müssen Miguel und Rose wecken, sie haben tatsächlich die ganze Fahrt über geschlafen.

Rose und Miguel gehen gemeinsam die Treppe zu meinem Zimmer hinauf, Lucas und ich folgen ihnen nach oben, verschwinden aber in Lucas Zimmer. Ich merke, dass mein Schwindel nicht besser wird und jetzt auch noch eine starke Übelkeit einsetzt.

Trotzdem fallen wir uns umgehend in die Arme und küssen uns weiter. Ich will ihn jetzt! Ich will nicht mehr warten! Ich ziehe ihm sein Jacket sowie sein T-Shirt aus. Er schiebt mein Kleid nach unten bis es zu Boden fällt. Jetzt stehe ich in meiner Unterwäsche vor ihm. Ich öffne ihm seine Hose und er zieht sie schnell aus. Eng umschlungen fallen wir auf sein Bett und küssen uns immer leidenschaftlicher.

„Wir wollten doch warten!", flüstert Lucas in meine Lippen.

„Ich will dich jetzt!", erwidere ich gereizt und spüre plötzlich, wie eine starke Übelkeit in mir aufsteigt. Ich bemerke einen säuerlichen Geschmack im Mund und springe auf. Hektisch stürme ich aus dem Zimmer in das gegenüberliegende Bad und schaffe es gerade noch rechtzeitig, mich über die Toilette zu beugen. In einem Schwall kommen die gefühlten zwei Liter Alkohol heraus. Ich knie mich vor die Toilette, da ich das Gefühl habe, dass mein Magen noch nicht leer ist. Besorgt kniet Lucas sich neben mich. Ich ziehe schnell die Spülung, um ihm diesen widerlichen Anblick zu ersparen. Er hält mir meine langen Haare aus dem Gesicht, während eine zweite Welle den Rest des Alkohols aus mir rausspült.

Nach einigen Minuten geht es mir etwas besser. Die starke Übelkeit ist vorbei, allerdings fühle ich mich immer noch miserabel und schwindlig. Nachdem ich mir den schlechten Geschmack aus dem Mund gespült habe, lasse ich mich von Lucas an der Hand zurück in sein Zimmer führen.

Er legt sich seitlich auf sein Bett, ich lege mich, ebenfalls seitlich, mit dem Rücken zu ihm. Er deckt uns zu und legt fürsorglich seinen rechten Arm unter meinen Kopf. Seine warme linke Hand legt er behutsam auf meinen Bauch. Vorsichtig zieht er mich zu sich heran, so dass ich seinen warmen Körper an meinem spüre.

Er gibt mir einen Kuss auf die Wange. „Schlaf dich schön aus, morgen bekommst du dann die Überraschung".

„Was ist es denn?", frage ich undeutlich.

„Sag ich nicht, aber es wird mindestens so schön wie vorhin im Taxi", verrät er und vergräbt sein Gesicht in meinen Haaren. Sehr schnell fallen wir beide in einen traumlosen Schlaf.

Kapitel 38

Mit starken Kopfschmerzen wache ich auf. Lucas liegt schlafend neben mir. Ich drehe mich zu ihm, beobachte seine Gesichtszüge und streichle ihm sanft über die Wange. Verschlafen öffnet er die Augen, blickt mich an und küsst mich.

„Guten Morgen! Hast du gut geschlafen?", fragt er lächelnd.

Genüsslich strecke ich mich. „Ja, aber mein Kopf schmerzt, als würde er zerplatzen".

Liebevoll nimmt er mich in den Arm. „Das bekommen wir mit ein paar Tabletten wieder hin, aber jetzt sollten wir aufstehen, damit wir bald los können".

„Wo fahren wir denn hin?", will ich jetzt endlich wissen.

„Nach London", antwortet Lucas kurz und schwingt sich aus dem Bett. „Ich geh mich kurz duschen", erwähnt er nebenbei, bevor er das Zimmer verlässt.

Warum habe ich gestern nur so viel getrunken? Jetzt geht es mir wahrscheinlich den ganzen Tag schlecht. Das habe ich nun davon! Ich krabble aus dem Bett und steuere auf mein Zimmer zu. Schlagartig fällt mir ein, dass ja Rose und Miguel in meinem Bett übernachtet haben. Abrupt bleibe ich stehen und klopfe leise an die Tür. Nachdem ich ein undeutliches „Ja" höre, betrete ich langsam das Zimmer. Rose und Miguel liegen voll bekleidet, lediglich ohne Schuhe, nebeneinander auf dem Bett.

„Guten Morgen, ihr zwei! Habt ihr so geschlafen?", frage ich überflüssigerweise.

Rose schaut mich mit zusammengekniffenen Augen an und nuschelt müde: „Wie viel Uhr ist es denn?"

Ich schaue auf die Uhr und antworte: „Es ist fast Zwölf."

Erschrocken schreckt sie auf. „Was? Dann muss ich bald los, ich treffe mich noch mit Leo, bevor ich abfliege". Müde lässt sie sich wieder in die Kissen fallen und zieht die Decke über den Kopf.

Ich hole mir frische Wäsche aus dem Schrank und gehe zum Badezimmer. Von drinnen höre ich, dass Lucas noch duscht. Mit der Hand auf der Türklinke überlege ich, ob ich zu ihm hineingehen soll, entscheide mich aber dagegen, warte stattdessen in seinem Zimmer, bis er fertig ist.

Eine halbe Stunde später sitzen Lucas und ich fertig angezogen in der Küche und trinken englischen Tee. Er gibt mir eine Kopfschmerztablette und ein Glas Wasser dazu.

„Wann fahren wir denn los?", frage ich neugierig.

„Sobald Rose und Miguel fertig sind. Miguel hat ja sein Auto nicht da. Am besten nehmen wir die beiden mit in die Stadt zu Leo", antwortet er mir ausführlich. Er erzählt mir auch, dass er sich leider wieder verkleiden muss, da er andernfalls von Fans erkannt würde und wir keine ruhige Minute mehr in der Stadt hätten.

Eine weitere halbe Stunde später kommen Rose und Miguel die Treppe herunter und setzen sich zu uns an den Tisch. Wir unterhalten uns über den gestrigen Abend und Lucas schlägt Miguel vor, beide mit dem Auto mit nach London zu nehmen. Bevor wir aufbrechen läuft Lucas noch einmal schnell in sein Zimmer, um sich zu verkleiden.

Kapitel 39

In London parken wir wieder in dem Parkhaus in der Nähe des ME Hotels und begleiten Rose und Miguel noch ins Hotel zu Leo. In der Lobby frage ich Lucas, ob wir gemeinsam noch kurz mit hochfahren wollen, um uns von Leo zu verabschieden.

Abwehrend antwortet er: „Fahr du ruhig mit den beiden hoch, ich warte hier." Verdutzt schaue ich ihn an, laufe dann aber schnell den anderen hinterher, die schon vor dem Fahrstuhl stehen.

Oben angekommen öffnet uns Leo die Tür und wir gehen in die Suite. Auf dem Sofa sitzt Aaron und begrüßt uns. Leo, Rose und ich verabschieden uns mit Tränen in den Augen.

Traurig erwähne ich: „Die Hälfte meiner Zeit hier in London ist schon vorbei. Wir sehen uns also in sechs Wochen schon wieder." Nach einer kurzen Pause, erkläre ich bedauernd: „Sorry Leo, sorry Rose, ich muss gleich los. Lucas wartet unten auf mich. Er hat eine Überraschung für mich geplant." Rose und Leo lächeln nach meinen Worten und wir umarmen uns ein letztes Mal fest. Dann verabschiede ich mich auch von Miguel und Aaron und fahre mit dem Fahrstuhl wieder nach unten.

In der Lobby wartet Lucas bereits auf mich. Lächelnd nimmt er mich in den Arm. „Kann es losgehen?" Ich nicke und wir ziehen voller Tatendrang los.

Zuerst laufen wir über die Waterloobridge auf die andere Seite der Themse, am London Eye vorbei und steigen in einen der roten Doppeldecker Busse ein. Wir fahren durch die Stadt, bis wir beim Tower of London ankommen. Dort steigen wir aus und gehen durch die Kasse auf das Gelände des Towers. Wir besichtigen die Festung und die Schatzkammer, in welcher die Kronjuwelen ausgestellt sind. In der Waffenkammer findet eine Ausstellung über verschiedene Waffen und Rüstungen aus vergangenen Zeiten statt. Nach diesem Besuch gehen wir auf die Tower Bridge und schließen uns dort einer Führung an. Als Nächstes fahren wir, mit dem traditionellen schwarzen Taxi, zu Madame Tussauds, dem Wachsfigurenkabinett. Das liegt direkt neben einem großen Park, dem Regent's Park, in welchem sich auch der Zoo von London befindet. Bevor wir uns jedoch die Wachsfiguren ansehen, holen wir uns an einem Imbiss Fish and Chips und setzen uns im Park auf eine Bank. Danach gehen wir gestärkt zum Eingang von Madame Tussauds und schauen uns in den Räumen die verschiedenen Persönlichkeiten und

Prominenten an. Bevor wir in den nächsten Raum einbiegen, bittet mich Lucas, meine Augen zu schließen. Ich kneife meine Augen fest zu und lasse mich von Lucas weiterführen.

„Jetzt aufmachen", befiehlt er mir leise, woraufhin ich neugierig meine Augen öffne. Vor mir sitzen die fünf Jungs auf einer Holzbank und grinsen mich an. Ich bin begeistert. Ganz links sitzt Aaron, daneben Lucas und Eddie. Hinter ihnen Miguel und Ryan.

„Kannst du ein Foto von mir mit euch machen?", frage ich aufgeregt. Er nimmt meinen Fotoapparat und ich setze mich neben Lucas, die Wachsfigur. Nachdem er das Foto geschossen hat, gehe ich wieder zu dem richtigen Lucas und flüstere ihm ins Ohr: „Du gefällst mir aber in echt besser". Ich küsse ihn kurz und wir gehen Arm in Arm weiter. Nach etwa zwei Stunden haben wir alles gesehen und gehen zum Ausgang.

„Meine Füße schmerzen schon", jammere ich.

Lucas schaut mich mitleidig an. „Wir haben nicht mehr viel, nur noch die Westminster Abbey und danach gehen wir schön romantisch Essen."

Wir fahren also noch zur Westminster Abbey, der beeindruckenden Kirche, in welcher schon Prince Charles und Lady Di sowie Prince William und Kate geheiratet haben. Bereits am Eingang bleibt mir der Mund offen stehen. Ich kenne die Kirche zwar vom Fernsehen, aber in Wirklichkeit ist sie noch größer und schöner. Nachdem meine Füße auch diese Besichtigung überstanden haben, nehmen wir uns wieder ein Taxi und fahren zum Restaurant. Der Wagen hält vor dem ME Hotel.

Verwundert schaue ich Lucas an: „Sind wir hier richtig? Wir essen im ME?"

Lucas grinst mich verschwörerisch an. „Ja, das ME hat eine hervorragende Küche." Einen Augenblick später betreten wir den Speisesaal, wo uns ein 5-Gänge Menü serviert wird. Jeder einzelne Gang ist köstlich. Nachdem der letzte Teller abgeräumt wird, wende ich mich dankend an Lucas.

„Der Tag war wunderschön, die Überraschung ist dir wirklich gelungen".

Verschmitzt grinst er mich an.

„Was ist?", frage ich überrascht.

Er grinst weiter und schaut leicht verlegen auf den Tisch. Dann sieht er mir wieder in die Augen. „Die eigentliche Überraschung kommt erst noch". Noch während mein Mund sich zur Frage öffnet, sagt er schnell: „Du brauchst gar nicht zu fragen! Ich sage es dir noch nicht!" Beleidigt schließe ich meinen Mund wieder und wir schauen uns einfach nur schweigend an.

Nachdem Lucas die Rechnung bezahlt hat, gehen wir in die Lobby. Lucas zieht mich in Richtung der Fahrstühle.

„Darf ich jetzt erfahren, wo wir hingehen?"

„Wir fahren nach oben", antwortet er knapp und steigt vor mir in den geöffneten Fahrstuhl ein. Erneut fällt mir auf, dass der Liftboy ungefragt auf einen Knopf drückt, welchen kann ich jedoch nicht erkennen, da Lucas ihn verdeckt. Vielleicht ist Leo ja noch da und das ist die Überraschung? Oder wir gehen noch an die Roof Bar mit dem herrlichen Ausblick. Ich bin mir sicher, dass es Letzteres ist und freue mich auf den ausklingenden Abend an der Bar. Die Fahrstuhltür öffnet sich und ich glaube meinen Augen nicht zu trauen.

Kapitel 40

Lucas zieht mich aus dem Fahrstuhl hinaus und wir stehen erneut vor der Suite mit der Nummer 16. Erstaunt wende ich mich an Lucas: „Ist Leo etwa noch da?" Er lächelt mich an und zieht eine Schlüsselkarte aus seiner Hosentasche. Als die Tür sich öffnet, geht Lucas hinein. Verwirrt folge ich ihm. Neugierig schaue ich mich um und erwarte insgeheim, dass aus irgendeiner Ecke Leo, Rose, Eddie oder sonst jemand gesprungen kommt und „Überraschung" ruft. Aber es bleibt ruhig. Lucas stellt sich neben mich und nimmt mich an der Hand.

Er zieht mich in die Mitte des Raumes und sagt verführerisch: „Das ist unsere Suite für heute Nacht." Ungläubig starre ich ihn an. Ich brauche einen Moment, um seine Worte zu begreifen.

Verschmitzt lächle ich ihn an. „Das hast du dir aber schön ausgedacht."

„Du wolltest einen Ort, an dem wir ungestört sind und viel Zeit für uns haben. Und nachdem dir diese Suite vorgestern so gut gefallen hat, kam mir die Idee, hier mit dir zu übernachten."

Zärtlich umarme ich Lucas und küsse ihn.

„Hast du Lust auf ein schönes Schaumbad?", fragt er lächelnd.

Während Lucas das Wasser in die Wanne einlässt, bemerke ich, dass auf dem Tisch ein Eimer mit einer Flasche Champagner und daneben eine Schale mit Obst steht. Ich gehe ins Schlafzimmer und betrachte das große gemütliche Bett, bezogen mit strahlend weißen Laken sowie dicken Kissen. Lucas tritt von hinten an mich heran und umarmt mich. Mit Tränen in den Augen drehe ich mich um.

„Was ist los?", fragt er besorgt.

„Nichts, ich freue mich nur", antworte ich gerührt. Dann fällt mir plötzlich ein, dass ich am Montag Amy und Violet in die Schule bringen muss. Ich spreche Lucas darauf an, aber er winkt ab und versichert mir, dass er das mit Liz geklärt hätte. Er fängt an, mich zärtlich zu küssen und bevor wir uns versehen, liegen wir eng umschlungen auf dem Bett. Nach ein paar Minuten steht Lucas plötzlich auf und stürmt ins Badezimmer. Nachdem er das Wasser abgedreht hat, kommt er zu mir zurück. Langsam schiebt er mein T-Shirt hoch und zieht es mir über den Kopf. Er öffnet meine Jeans, welche ich mir anschließend abstreife. Danach helfe ich ihm bei seinem T-Shirt und öffne seine Hose, die er sich selbst auszieht. In unserer Unterwäsche gehen wir ins Badezimmer. Plötzlich wird mir bewusst, dass wir uns noch nie nackt gegenüberstanden. Lucas bemerkt, dass ich zögere. Zärtlich nimmt er mein Gesicht in seine Hände und küsst mich. Dann greift er auf meinen Rücken und öffnet meinen BH. Langsam streift er mir die Träger ab und lässt das Kleidungsstück auf den Boden fallen. Er löst sich von mir und zieht seine Short von Calvin Klein aus. Eilig streife ich meinen Slip ab und steige schnell in die Badewanne. Das Wasser ist angenehm warm und eine dicke Schaumkrone liegt oben auf. Lucas steigt nach mir in die Badewanne und setzt sich mir gegenüber. Während ich meine Beine seitlich neben seinen Oberkörper strecke, streichelt er liebevoll meine Oberschenkel. Ich lehne mich zurück und genieße die Wärme, den Duft des Schaumbades sowie seine Berührungen.

Nach einer Weile wird das Wasser langsam kalt.

„Jetzt gehen wir besser wieder raus, bevor es ungemütlich wird und wir zu frieren beginnen." Lucas greift sich ein Handtuch und steigt aus der Wanne. Er wickelt es um seine Hüfte und reicht mir sodann ein anderes Handtuch. Bedacht stehe ich auf und binde mir zügig das weiche Frotteelaken um den Oberkörper. Hand in Hand gehen wir ins Schlafzimmer. Ich werde nervös. Lucas küsst mich. Zuerst noch behutsam und zärtlich, dann immer leidenschaftlicher und fordernder. Wir fallen auf das Bett, wobei Lucas sich über meinen Körper beugt. Seine Küsse wandern an meinem Hals über die Schultern entlang bis zum Dekoltee. Er löst mein Handtuch und zieht es mit einem Ruck weg. Danach greift er nach seinem Handtuch, um es auf den Boden zu werfen. Mein Atem wird schneller, ich bin aufgeregt, doch plötzlich fällt mir etwas ein. „Lucas", flüstere ich ängstlich.

„Was ist? Willst du nicht?", fragt er liebevoll.

„Doch, aber ich nehme keine Pille", entgegne ich schüchtern.

Beruhigend lächelt er mich an. „Keine Sorge, ich habe genug dabei". Seine Lippen suchen erneut die meinen, während seine Hände über meinen ganzen Körper wandern. Langsam bewegt er seinen Kopf nach unten. Seine Küsse bedecken meine Brüste sowie meinen Bauch. An meinem Bauchnabel verharrt er etwas länger, was mir ein leises Stöhnen entlockt. Dann wandert er noch tiefer und ich gebe mich meinem Gefühl vollkommen hin.

Wir lieben uns voller Hingabe, ununterbrochen bis tief in die Nacht hinein. Lucas ist einfühlsam und vorsichtig. Mein erstes Mal hätte ich mir nicht schöner vorstellen können. Schließlich liegen wir erschöpft nebeneinander, kriechen unter die Decke und kuscheln uns aneinander. Arm in Arm schlafen wir ein.

Am nächsten Morgen wache ich bereits um acht Uhr auf. Die Sonne scheint durch das Hotelfenster direkt auf Lucas Gesicht. Ich stütze mich auf meinen

Ellbogen und betrachte ihn. Die Decke ist ihm bis zum Bauchnabel hinuntergerutscht. Beim Anblick seines nackten Oberkörpers spüre ich das bekannte Kribbeln im Bauch. Vorsichtig küsse ich ihn auf seine Brust, seine Rippen sowie seinen Bauch. Plötzlich spüre ich seine Hand auf meinem Rücken, wie er mich zärtlich streichelt. Ich bewege mich auf sein Gesicht zu und küsse ihn liebevoll. Er wird fordernder und zieht mich auf sich drauf. Unsere Küsse werden intensiver und unsere Zungen spielen immer heftiger miteinander. Ich küsse ihn an seinem Hals und wandere nach unten auf seine Brust. Leise stöhnt er auf. So wie er es mir gestern vorgemacht hat, wandere ich mit meinen Küssen weiter bis seinem Bauchnabel. Sein Stöhnen wird lauter und ich rutsche langsam tiefer, bis seine Lust unerträglich wird.

Nachdem wir unseren Liebesdrang gestillt haben liegen wir verschwitzt, aber glücklich, nebeneinander auf dem Bett.

„Was hältst du jetzt von einem Frühstück?", schlägt Lucas vor.

„Das wäre super", antworte ich erschöpft. Er rollt sich aus dem Bett und geht nackt an mir vorbei ins Bad. Ich kann meinen Blick nicht von ihm lösen und beobachte seinen Körper bei jedem Schritt. Als er aus meinem Sichtfeld verschwindet starre ich an die Decke und erinnere mich an gestern Nacht und an den heutigen Morgen. Wenn ich mit Lucas zusammen bin fühle ich mich einfach perfekt, vollkommen und so glücklich wie noch nie. Ich kann mir nicht vorstellen, jemals wieder ohne ihn zu sein. Mit einem weißen Bademantel bekleidet kommt Lucas zurück. Einen weiteren hat er in der Hand und wirft ihn mir zu. Dann geht er an das Haustelefon und bestellt Frühstück aufs Zimmer.

Bis zum Servieren des Frühstücks liegen wir einfach nur Arm in Arm im Bett und unterhalten uns.

„Ich möchte nicht, dass du jetzt schon wieder zwei Wochen weg fährst", sage ich traurig.

Liebevoll streicht er mir übers Haar. „Ich weiß! Ich will auch nicht weg, aber dagegen kann ich nichts machen. Das ist eben mein Job. Ich weiß, dass es nicht einfach ist, mit mir eine Beziehung zu haben."

„Wir haben eine Beziehung?", frage ich ihn gespielt erstaunt.

„Etwa nicht?", schaut er mich irritiert an. Ohne eine Antwort darauf zu geben lege ich meinen Kopf auf seine Brust und genieße schweigend mein Glück.

Einen Moment später klopft es an der Tür und das Frühstück wird gebracht. Hungrig setzen wir uns im Wohnzimmer an den Tisch, um die servierten Köstlichkeiten zu genießen. Nach dem Frühstück setzen wir uns vor dem Panoramafenster auf das bequeme Sofa und genießen die Aussicht bei

Tageslicht. Lucas dreht sich zu mir und fängt an mich zu küssen. Ich erwidere seine Küsse und spüre, wie es wieder anfängt im Bauch zu kribbeln. Er schiebt seine Hand unter meinen Bademantel und berührt mich an meinen Brüsten. Plötzlich löst er sich von mir und zieht mich in Richtung Badezimmer. Vor der großen, geräumigen Dusche mit einer Seitenwand aus Glas fängt er an, den Gürtel meines Bademantels zu lösen und ihn mir langsam von den Schultern zu streifen. Dabei küsst er erneut meinen Hals sowie mein Dekoltee. Schnell streift er auch seinen Bademantel ab und zieht mich langsam in die Duschkabine. Er stellt das Wasser an, wobei ein warmer weicher Wasserstrahl uns umhüllt. Wir umarmen uns und fangen mit zärtlichen Küssen an, die schnell leidenschaftlich und stürmisch werden. Dabei habe ich das Gefühl, dass seine Hände überall gleichzeitig sind. Lucas schiebt mich mit dem Rücken gegen die Kabinenwand und drückt sich leicht an mich. Ich ziehe ihn dichter an mich heran, weil ich fast verrückt werde vor Lust. Unter dem fließenden Wasser der Dusche lieben wir uns intensiver als je zuvor. Glücklich und erschöpft verlassen wir das Badezimmer, nachdem wir uns wieder in unsere Bademäntel gehüllt haben.

Lächelnd lasse ich mich aufs Bett fallen. Im nächsten Moment erstarrt mein Blick und die Panik ergreift mich. Ängstlich rufe ich nach Lucas, der sofort zu mir eilt. „Was ist los, Babe? Ist etwas passiert?"

Besorgt schaue ich ihn an. „Ich hoffe nicht, aber wir haben vergessen zu verhüten!"

Augenblicklich wird er blass im Gesicht. Fassungslos lässt er sich auf das Bett fallen. „Shit! Ich war so verrückt nach dir, dass ich es total vergessen habe". Entschuldigend schaut er mich an.

Optimistisch entgegne ich: „Wird schon nichts passiert sein!" Dabei küsse ich ihn kurz und rede schnell weiter: „Und wenn doch, dann müssen wir eben heiraten". Erschrocken schaut er mich mit großen Augen an, bis ich anfange zu lachen. Mit seinem Arm greift er um meine Schultern und wirft sich mit mir aufs Bett. Wir lachen und scherzen, bis dieses Thema vergessen ist.

Nach einiger Zeit wird Lucas ernst. „Wir müssen bald los. Die nächsten Gäste wollen sicher ins Zimmer".

Traurig bettle ich ihn an. „Können wir nicht noch ein bisschen bleiben? Nur ein oder zwei Stunden? Bitte?" Dabei schaue ich ihn mit meinem Hundeblick an bis er lachen muss. Ich drücke ihn aufs Bett und setze mich auf seinen Bauch. „Ich habe noch nicht genug von dir. Außerdem hast du voriges Mal gesagt, du willst, dass ich alles bekomme, was ich mir wünsche."

Entschuldigend erwidert er: „Das stimmt, aber trotzdem müssen wir jetzt los".

Beleidigt und gekränkt lasse ich mich neben ihn fallen. Lucas kitzelt und neckt mich, bis ich meine Enttäuschung vergessen habe und wir uns endlich anziehen können. Wir naschen noch ein wenig von dem köstlichen Obst und verlassen anschließend unsere Suite, in der wir eine glückselige Nacht verbracht haben.

Kapitel 41

Nach dem Auschecken fahren wir nach Hause, wobei ich selbst während der Fahrt kaum die Finger von ihm lassen kann.

Als wir zu Hause ankommen richtet Liz uns aus, dass Aaron angerufen habe und der Flug nach China bereits morgen in aller Früh gehe. Aaron will Lucas bereits um vier Uhr morgens abholen.

Traurig setze ich mich auf Lucas Bett. „Warum musst du jetzt schon so früh los? Ich dachte, wir haben den morgigen Tag noch zusammen", jammere ich los.

Etwas lauter als beabsichtigt, antwortet Lucas: „Bitte Julie, zick jetzt nicht rum! Das kann ich jetzt echt nicht gebrauchen!". Geschockt von seinem gereizten Tonfall blicke ich wie erstarrt auf. Warum ist er auf einmal so ungeduldig? Was ist los mit ihm?

Beleidigt erwidere ich: „Schon gut, ich muss noch was erledigen." Im nächsten Moment verschwinde ich aus seinem Zimmer.

Zum Abendessen treffen wir uns alle unten, wobei Liz und David mit Lucas über seine nächste Tour reden. Ich höre die meiste Zeit nur zu, da ich immer noch gekränkt bin, dass er mich so angefahren hat.

Liz merkt, dass ich mich anders verhalte. „Ist alles in Ordnung Julie, du bist so ruhig?"

Verstohlen schaue ich zu Lucas, der mich abschätzend beobachtet. „Ich bin nur traurig, dass Lucas morgen wieder weg muss". Nach dem Abendessen gehe ich nach oben in mein Zimmer. Lucas bleibt bei seinen Eltern im Wohnzimmer sitzen, um sich noch weiter mit ihnen zu unterhalten. Kurze Zeit später klopft er an meine Zimmertür.

Unschlüssig bleibt er vor mir stehen. „Bist du noch sauer auf mich?", fragt er unsicher.

Traurig schaue ich ihn an. „Warum hast du mich vorhin so angefahren?"

Er setzt sich neben mich und nimmt meine Hand, während er mir erklärt: „Ich war einfach gereizt, weil ich es nicht ausstehen kann, wenn mir meine Freundin Vorwürfe macht, dass ich weg muss. Ich würde auch lieber bei dir bleiben, aber das geht eben nicht. Eine Beziehung mit mir ist nicht einfach und das musst du akzeptieren, ob du willst oder nicht. Wenn du es nicht akzeptieren kannst, dann wird es nicht funktionieren."

Mit Tränen in den Augen lehne ich meinen Kopf an seine Schulter. „Ich weiß, aber trotzdem tut es so weh, wenn du gehst."

Einfühlsam flüstert er: „Kann ich heute Nacht bei dir bleiben? Oder hast du immer noch Angst, dass wir gestört werden?" Dabei grinst er mich an, so dass ich bereits schon wieder lachen kann.

Mit seinem gepackten Koffer kommt Lucas zu mir ins Zimmer. Wir legen uns aufs Bett und Lucas nimmt mich in seinen Arm. „Ich bin doch in zwei Wochen wieder da, das ist gar nicht so lange. Und dann bin ich drei Wochen am Stück hier, habe nur zwischendurch einige Fernsehauftritte und ein Fußballspiel mit meinem Club. Wir können ein paar Tage wegfahren, wenn du willst", schlägt Lucas vor.

„Ich glaube nicht, dass das geht. Ich muss doch auf die Mädchen aufpassen", widerspreche ich traurig.

„Lass das mal meine Sorge sein, das kläre ich schon mit Mom und David", meint er zuversichtlich.

Leise flüstere ich ihm zu: „Aber heute Nacht habe ich dich noch für mich allein. Da muss ich dich mit keinem Fan der Welt teilen". Er küsst mich so zärtlich, dass mir erneut Tränen in die Augen steigen.

Besorgt blickt er mich an: „Was ist los?"

Schnell schüttle ich den Kopf und antworte: „Ich weiß es nicht! Ich bin einfach so glücklich, dass es bereits weh tut".

Er schaut mir tief in die Augen, dann sagt er zärtlich: „Ich liebe dich Julie und das wird immer so sein".

Meine Augen füllen sich mit noch mehr Tränen als ich ihm antworte: „Ich liebe dich auch und nichts kann daran etwas ändern". Wir küssen uns so leidenschaftlich wie es nur Verliebte tun und schon wandern unsere Hände wieder an unseren Körpern entlang. Mittlerweile wissen wir, welche Stellen den anderen besonders reizen. Wir lieben uns mit voller Sehnsucht und werden in diesem Haus das erste Mal nicht gestört.

Die Nacht ist kurz, denn bereits um halb Vier klingelt Lucas Wecker. Wir haben nur ein paar Stunden geschlafen, kommen daher nur schwer aus den Federn.

Pünktlich um vier Uhr erscheint Aaron und holt Lucas ab. Ich umarme Lucas noch einmal fest und küsse ihn lange. „Ich vermisse dich jetzt schon", flüstere ich an seine Lippen.

„Ich werde dich auch vermissen, Babe". Anschließend dreht er sich um und folgt Aaron hinaus. Ich laufe zur Tür und schaue ihnen nach, wie sie die Straße hinunter fahren. Dann ist Lucas weg.

Ich gehe wieder in mein Bett und lege mich hin. Allerdings kann ich nicht mehr einschlafen. Um sechs Uhr stehe ich wieder auf, um die Mädchen zu wecken und meinen Alltag als Au-pair-Girl wieder zu beginnen.

Kapitel 42

Die nächsten Tage funktioniere ich wie automatisch. Ich denke jede freie Minute an Lucas und ich zähle die Tage, bis er wieder kommt.

Am Freitagnachmittag kommt Claire zu mir. Während ich den Mädchen einen Apfel aufschneide, fragt sie mitfühlend: „Du vermisst Lucas sehr, oder?"

„Ja, er fehlt mir jede Minute", antworte ich ehrlich.

„Seid ihr jetzt zusammen oder nicht?", will Claire plötzlich wissen.

Verwundert schaue ich sie an. „Ich glaube schon."

„Wie war es denn in London?"

„Es war ein wunderschöner Tag und eine noch schönere Nacht. Wir waren im ME Hotel", erzähle ich grinsend.

Claire reißt verwundert die Augen auf: „Echt? Die ganze Nacht?" Neidisch blickt sie zum Fenster hinaus. „Glaubst du er liebt dich?", will sie von mir wissen.

Mich wundern ihre seltsamen Fragen, aber ich freue mich an ihrer Anteilnahme. „Ja ich glaube schon, er hat es zumindest gesagt."

„Hast du es ihm auch gesagt?"

„Ja, habe ich", antworte ich verträumt.

„Das ist so romantisch, wie in einem Märchen", flüstert Claire in Gedanken versunken.

Wir unterhalten uns noch über andere Dinge, bis Claire schließlich am späten Nachmittag nach Hause geht.

Am nächsten Tag bekomme ich einen Anruf von meiner Mutter, der mein ganzes bisheriges Leben verändern wird.

Kapitel 43

Am Samstagmorgen klingelt das Telefon. Meine Mutter ist am anderen Ende der Leitung und schluchzt in den Hörer: „Julie, du musst dringend nach Hause kommen. Dein Vater hatte heute Nacht einen schweren Herzinfarkt und liegt im Koma. Die Ärzte sagen, wir sollen alle nahe stehenden Familienmitglieder zusammen rufen, es steht nicht gut um ihn."

Entsetzt sinke ich auf den Stuhl neben mir. Ich kann nicht glauben was ich höre. „Oh Gott! Mama! Natürlich komme ich so schnell wie möglich. Ich nehme den nächsten Flieger. Mach dir keine Sorgen, es wird alles wieder gut." Meine Mutter ist völlig aufgelöst, so dass ich mir im Moment mehr Sorgen um sie, als um meinen Vater mache. Nach einigen Minuten beenden wir das Gespräch. Völlig fassungslos bleibe ich auf dem Stuhl sitzen und starre vor mich hin. Ich muss einen Flug buchen und hier alles abbrechen. Mein Vater - liegt er wirklich im Sterben? Mir kommen die Tränen, ich merke nicht, dass Liz die Treppe herunter kommt.

Fürsorglich legt sie mir eine Hand auf die Schulter. „Julie, was ist passiert? Ist was mit Lucas?"

Verwirrt schaue ich sie an. „Mein Vater hatte einen Herzinfarkt und liegt im Koma. Ich muss nach Deutschland, meine Mutter braucht mich jetzt".

Augenblicklich zieht Liz mich hoch und nimmt mich in ihre Arme. „Oh mein Gott! Wir kümmern uns natürlich sofort um einen Rückflug für dich".

Erst jetzt kann ich wieder klarer denken, was sofort ungeklärte Fragen in mir aufwirft. „Und was ist mit den Mädchen? Wer passt dann auf sie auf? Ich weiß nicht, wann ich wieder kommen kann".

„Mach dir deswegen keine Sorgen. Das regeln wir schon. Deine Eltern sind jetzt wichtiger." Sie nimmt mich erneut in den Arm und tröstet mich noch eine Zeit lang. Als David in der Küche erscheint erzählt Liz ihm kurz alle Einzelheiten. Ohne ein Wort zu sagen geht er sofort ans Telefon und versucht einen möglichst baldigen Flug nach München zu bekommen. Über eine Hotline erfährt er, dass der früheste Flug Morgen Nachmittag geht.

Traurig trotte ich in mein Zimmer und werfe mich auf mein Bett. Ich drücke das Kissen an meinen Bauch und ziehe die Beine an. So liege ich eine Zeit lang da, denke an meine Mutter, meinen Vater und auch an Lucas. Was wird jetzt aus uns, wenn ich morgen schon nach Deutschland fliegen muss? Ich weiß nicht, wann ich wieder kommen kann. Mein Herz schmerzt und die Tränen laufen unaufhaltsam über meine Wangen.

Am Nachmittag kommt Liz zu mir ins Zimmer, um sich zu erkundigen, wie es mir jetzt geht. Ich konnte noch einmal einschlafen und fühle mich jetzt etwas besser, habe allerdings immer noch keinen Hunger und mache mir nach wie vor Sorgen um meine Eltern.

„Claire ist unten und wollte dich sehen. Ich habe ihr erzählt was passiert ist. Soll ich sie wegschicken?", fragt Liz vorsichtig. Ich überlege kurz, komme dann jedoch zu dem Entschluss, dass es vielleicht gut tut, mit Claire zu reden.

„Nein, aber kannst du sie vielleicht hochschicken?", bitte ich sie. Liz lächelt mich an und macht sich auf den Weg nach unten.

Kurze Zeit später erscheint Claire in meinem Zimmer. Sie nimmt mich sofort in die Arme. Sie versichert mir, wie leid ihr das alles tue und dass es wirklich schade sei, dass ich schon morgen nach Hause fliegen müsse. Dann schaut sie mich ernst an.

„Julie, ich wollte dir noch etwas sagen. Jetzt ist zwar ein blöder Moment dafür, aber ich wusste ja nicht, dass du schon morgen weg bist".

„Was gibt es denn?"

„Das mit Lucas und dir. Ich möchte nicht dass du jetzt, wo du zu Hause solche Probleme hast, auch noch von ihm verletzt wirst."

„Warum sollte er mich verletzen?"

„Er ist nicht so, wie er sich dir gegenüber gibt."

„Was?", rufe ich empört aus. Ich glaube nicht richtig zu hören. Was will sie mir damit sagen?

„Ich glaube, dass er mit dir ein falsches Spiel spielt. Es gab vor dir schon andere Mädchen, mit denen er es ähnlich gemacht hat. Er hat Isabel oft betrogen. Er flirtete mit den Mädchen und hat ihnen die große Liebe vorgespielt. Er hat sich jedoch nie von Isabel getrennt. Er ist immer zweigleisig gefahren, bis er die Mädchen im Bett hatte, dann hat er sie fallen gelassen."

Ungläubig schaue ich Claire an. „Das glaube ich nicht", flüstere ich ängstlich. „Warum erzählst du mir das erst jetzt?", frage ich mit Nachdruck.

„Weil vorher nie der richtige Moment war. Und ich wollte es dir langsam und schonend beibringen."

„So etwas kann man nicht schonend beibringen, Claire. Ich glaube das einfach nicht!"

„Sorry, ich weiß. Aber ich habe mit einigen der Mädchen selbst gesprochen. Sie sagten, er habe sich immer um sie bemüht, mit schönen Ausflügen, teurem Schmuck und Nächten in Luxushotels."

Ich spüre einen Stich in meinem Herzen. Das trifft auch auf mich zu.

„Er hat den Mädchen auch oft erzählt, dass er nicht mehr mit Isabel zusammen wäre, weil sie sich sonst niemals mit ihm eingelassen hätten. Und sobald er sie im Bett hatte, hat er sie abserviert. Er war plötzlich nicht mehr so nett, sondern war genervt von ihnen und hat ziemlich schnell Schluss gemacht."

Wieder hat sie zwei Punkte genannt, die auf mich und Lucas zutreffen. Er hat gesagt, dass er mit Isabel Schluss gemacht hat. Ich habe sie aber auf der Oscar-Verleihung zusammen gesehen. Und nach der Nacht im Hotel hat er ziemlich genervt reagiert, als ich sagte, ich würde ihn vermissen. Langsam kommen Zweifel in mir auf. Ohne auf eine Antwort von mir zu warten erzählt Claire weiter.

„Er hat die Mädchen auch oft zu Veranstaltungen, Videodrehs oder so mitgenommen, um sie zu beeindrucken. Und er hat ihnen versichert, dass er sie vermisst, wenn er weg ist und ihnen auch gesagt, dass er sie liebt. Es tut mir echt leid, Julie, dass ich dir das so knallhart an den Kopf werfe, aber ich will nicht, dass dein Herz gebrochen wird."

Zu spät! Das, was Claire gerade erzählt hat bricht mir bereits das Herz. Ich muss unbedingt mit Lucas darüber reden.

„Ich werde ihn sofort darauf ansprechen, wenn er wieder da ist. Er kann mir das alles sicher erklären", sage ich mit etwas Zorn in der Stimme.

Ungläubig wendet Claire wendet ein: „Nein Julie, tu das nicht! Der wickelt dich wieder um den Finger, glaub mir. Ich habe eine Idee: Schreib ihm doch einen Brief und wenn er es ernst mit dir meint, dann soll er dich anrufen. Wenn nicht, dann weißt du woran du bist. Aber wenn du ihm nachläufst, fängt er wieder mit Ausreden an. Dann wirst du nie erfahren, ob er dich wirklich liebt oder nur mit dir spielt."

Das mit dem Brief ist gar keine schlechte Idee.

Nachdenklich betrachte ich Claire. „Ja, vielleicht mache ich das mit dem Brief. Claire, sorry, aber ich bin müde, ich wäre jetzt echt gerne allein."

Sie steht sofort auf und schaut mich traurig an: „Ja klar. Können wir uns morgen noch einmal sehen, bevor du los musst?"

„Ja, komm einfach noch einmal kurz rüber, o.k.?"

Sie nickt, verabschiedet sich von mir und verlässt mein Zimmer.

Verzweifelt überlege ich, was ich jetzt machen soll. Soll ich Liz ansprechen? Aber womöglich weiß sie nicht, was Lucas so alles treibt. Soll ich Isabel ansprechen? Zu der habe ich kein so gutes Verhältnis mehr, seit Lucas Schluss gemacht hat. Was ist mit Aaron? Ja, dem werde ich eine Nachricht schreiben, dass er mich anrufen soll, wenn er wieder da ist. Die Jungs wissen doch alles übereinander. Aaron kann mir bestimmt mehr darüber sagen.

Meine Gedanken kreisen weiter um Lucas. Er hat selbst zugegeben, dass er auf Tournee täglich mehrmals die Möglichkeit zu einem heißen Flirt hat, er jedoch angeblich nichts von Affären mit Fans hält. Ich weiß gerade nicht mehr was ich glauben soll.

Auf meinem Bett liegend starre ich an die Decke und denke dabei an die Nacht mit Lucas im Hotel. Seine Worte, seine Blicke. Mir wird ganz warm ums Herz. Ich kann und will mir nicht vorstellen, dass das alles nur gespielt war.

Andererseits hat Claire Ereignisse aufgezählt, von denen sie nicht wissen konnte, dass Lucas und ich sie so erlebt haben.

Am besten wird es sein, für Lucas einen Brief zu hinterlassen. Kurz entschlossen setze ich mich an den Schreibtisch, hole ein Blatt Papier hervor und fange an zu schreiben.

Lieber Lucas,

ich muss morgen nach Hause fliegen, da mein Vater mit einem Herzinfarkt ins Krankenhaus kam und ich meine Mutter nicht alleine lassen will.

Claire hat mir Sachen über dich erzählt, die sich sehr schlüssig anhören, ich mir aber nicht vorstellen kann, dass du wirklich so bist. Sie sagt, du nutzt die Mädchen nur aus. Auch mich! Stimmt das wirklich? War die Nacht im Hotel nur eine Lüge? Wolltest du mich nur ins Bett bekommen und dann abservieren? Ich kann und will es einfach nicht glauben, denn ich liebe dich wirklich von ganzem Herzen. Es bricht mir das Herz, so etwas zu hören.

Sollte doch etwas an dieser Geschichte wahr sein, wäre es dumm von mir, dir nachzulaufen. Daher schreibe ich dir diesen Brief, um dir die Möglichkeit zu geben, mich anzurufen, um die Lügen aus der Welt zu schaffen. Sollte es jedoch stimmen, dann melde dich bitte nicht mehr bei mir. Versuche es nicht mit Ausreden, dadurch wird es nur noch schlimmer und schäbiger.

Meine Telefonnummer in Deutschland kann dir Liz geben. Ich hoffe, dass nichts von dem, was Claire mir erzählt hat, wahr ist. Da ich mir aber im Moment nicht sicher bin, was ich glauben soll, werde ich mich nicht bei dir melden.

In ewiger Liebe
Deine Julie

Am nächsten Morgen schlafe ich bis zehn Uhr. Ich habe eine unruhige Nacht hinter mir mit einem beängstigenden Traum. Lucas hat mit mehreren Mädchen rumgemacht. Ich habe ihn mit der Blonden aus der Disco gesehen sowie mit dem Fan, der ihm vor dem London Eye an den Hals gesprungen ist. Er hat Isabel und sogar Claire geküsst und andere Dinge mit ihnen gemacht. Dann war ich mit ihm im Hotel. Zwischen zwei Küssen hat er mir erzählt, dass er es toll fände, dass ich endlich mit ihm geschlafen habe und dass es bei keiner seiner bisherigen Freundinnen so schwer war, sie ins Bett zu bekommen.

Verwirrt stehe ich auf. Mein Blick fällt auf den Brief, der noch immer auf dem Schreibtisch liegt. Sorgfältig falte ich ihn zusammen und lege ihn in ein Kuvert. Nachdem ich es zugeklebt habe, beschrifte ich es:

Für Lucas.

Sodann greife ich nach einem neuen Blatt Papier:

Lieber Aaron,
ich habe Sachen über Lucas erfahren, die ich so
nicht glauben will,
bitte ruf mich in Deutschland an:
(0049)89/........
Deine Freundin Julie

Ich falte den Zettel zusammen und lege ihn zu dem Kuvert für Lucas.

Anschließend ziehe ich mich an und packe meinen Koffer für die Heimreise. In der Küche treffe ich auf Liz und David sowie die Zwillinge. Alle begrüßen mich mitfühlend. Gezwungen lächle ich sie an und versichere ihnen, dass es mir schon etwas besser geht, was allerdings gelogen ist.

Nach dem Frühstück gehe ich mit den Mädchen in den Garten, um mich von ihnen zu verabschieden. Ich verspreche ihnen, dass wir uns bald wieder sehen, obwohl ich nicht weiß, ob ich dieses Versprechen halten kann.

Mittags sitzen wir beim Mittagessen, wo ich mich lange mit Liz und David unterhalte. Es tut ihnen wirklich leid, was meinem Vater zugestoßen ist, aber auch, dass ich schon abreisen muss. Sie sagen, sie lieben mich mittlerweile wie eine Tochter. Ich bin gerührt und mir kommen die Tränen. Liz und ich liegen uns schluchzend in den Armen. Um zwei Uhr erscheint Claire, um sich von mir zu verabschieden. Wir gehen in mein Zimmer, wo ihr sofort der Brief an Lucas auffällt.

„Hast du ihm einen Brief geschrieben?", fragt sie.

„Ja, ich schreibe ihm, dass ich ihm so ein Verhalten nicht zutraue, mir aber nicht sicher bin, ob es stimmt", antworte ich.

Claire streckt ihre Hand nach dem Brief aus. „Soll ich ihm den Brief geben?"

Ich überlege kurz, entscheide mich dann aber dagegen. „Nein lass mal, ich lege ihm den Brief in sein Zimmer, dann sieht er ihn gleich, wenn er kommt".

Wir umarmen und verabschieden uns.

Claire möchte mich mit ihren Worten offensichtlich trösten: „Und glaub mir Julie, es ist besser wenn du dich nicht bei ihm meldest. Warte bis er anruft. Wenn er dich liebt, dann wird er auch anrufen, ganz bestimmt. Aber wenn du ihm nachläufst, wirst du die Wahrheit nie erfahren." Nach diesen Worten nimmt sie meinen Koffer und geht zur Tür. Ich lege kurz den Brief in Lucas Zimmer, schaue mich um und denke an die schönen Stunden, die wir hier verbracht haben. Anschließend gehen wir nach unten, wo ich Liz den Zettel an Aaron übergebe.

„Kannst du diesen Zettel bitte Aaron geben, wenn er mit Lucas zurückkommt? Es ist wichtig." Liz nimmt den Zettel ungelesen entgegen und legt ihn neben den Herd. Mit Tränen in den Augen nimmt sie mich noch einmal in den Arm und drückt mich.

„Mach's gut Julie und gib uns Bescheid, wie es deinem Vater geht. Wir werden dich vermissen." Sie gibt mir einen Kuss auf die Wange. Schnell drehe ich mich um, da ich merke, dass mir die Tränen in die Augen steigen. Die Mädchen umarmen mich ein letztes Mal kurz, wir haben uns im Garten ja schon ausgiebig verabschiedet und Claire winkt mir zum Abschied. Sie bleibt mit Liz in der Küche stehen, während ich mit David zum Auto gehe.

Wehmütig drehe ich mich um und schaue mir das Haus genau an. Dann fällt mein Blick auf den roten Mini vor der Einfahrt und ich kann meine Tränen nicht mehr zurückhalten. Schluchzend steige ich in Davids Auto und schnalle mich an. Das letzte Mal fahre ich von Tunbridge Wells nach London und befürchte, dass ich nie wieder hier herkommen werde.

Zur gleichen Zeit in der Küche:

Julie geht mit David hinaus zum Auto und steigt ein.

Claire dreht sich zu Liz. „Echt traurig, dass sie so plötzlich weg musste".

„Ja, wirklich sehr schade", antwortet Liz.

Claire tut plötzlich so, als wäre ihr etwas eingefallen. „Oh je, ich glaube auf Julies Bett lag noch ihr Ipod. Hoffentlich hat sie ihn nicht vergessen. Ich schaue schnell nach, wenn das in Ordnung ist?"

„Ja klar, mach schnell", antwortet Liz freundlich. Claire läuft die Treppe hinauf und geht leise in Lucas Zimmer. Sie steckt schnell den Brief in ihre Hosentasche und öffnet anschließend laut die Tür zu Julies Zimmer.

Erleichtert kommt sie unten wieder an. „Nein, sie hat ihn doch eingesteckt. Zum Glück!". Claire steht unschlüssig vor Liz. Sie will noch nicht gehen. In diesem Moment spielt der Zufall ihr in die Hände. Amy ruft vom Garten aus ihre Mom. Als Liz einen Moment lang zum Garten hinaus schaut, schnappt Claire sich blitzschnell den Zettel, der neben dem Herd liegt und versteckt ihn in ihrer Hand. Plötzlich hat sie es eilig, nach Hause zu kommen. Lächelnd verabschiedet sie sich von Liz.

Kapitel 44

Am Flughafen umarmt mich David zum Abschied, wobei er seine Emotionen nicht so zeigen kann, wie Liz und die Zwillinge. Nachdem ich die Passkontrolle überwunden habe, halte ich mich in der Abflughalle vor dem Gate auf. Ich setze meinen Ipod auf und höre das Lied von Bruno Mars – *When I was your man*. Ich bin wahnsinnig traurig, von hier weg zu müssen. London war mein Traum, ist es immer noch, aber wenn man anfängt zu leiden, macht es auch keinen Spaß mehr.

Das Boarding ist eröffnet und ich steige in das Flugzeug ein.

Zur gleichen Zeit in Tunbridge Wells:

Claire geht in ihr Zimmer und setzt sich an ihren Schreibtisch. Zuerst faltet sie den Zettel an Aaron auseinander und liest ihn durch. Kopfschüttelnd zerreißt sie ihn in kleine Schnipsel und wirft ihn in den Papierkorb. Danach öffnet sie das Kuvert des Briefes an Lucas. Sie zieht den Brief heraus und faltet ihn auseinander. Konzentriert liest sie ihn durch, mehrmals. Dann wirft sie ihn wütend auf den Tisch. „Dieses Miststück! Sie will ihn um jeden Preis!" Als

Nächstes zieht sie ein Blatt Papier aus ihrer Schublade, nimmt sich einen Stift und fängt an zu schreiben.

Eine Stunde später faltet sie das Blatt zusammen und steckt es in ein neues Kuvert. Sie hat sich bemüht Julies Handschrift nachzuahmen, da sie nicht weiß, ob Lucas diese kennt. Sie steht auf, steckt das Kuvert in ihre Tasche und geht hinüber zu Lucas Haus.

Liz öffnet die Tür. „Hallo Claire, hast du etwas bei uns vergessen?", fragt Liz freundlich.

„Nein, eigentlich nicht, aber ich wollte euch noch anbieten, dass ich jederzeit auf die Zwillinge aufpassen kann, da Julie doch weg ist", erklärt sie ihr Erscheinen.

Liz freut sich aufrichtig. „Das ist nett Claire, wir kommen gerne darauf zurück." Claire überquert die Straße und geht zurück in ihr Zimmer.

„Mist!", schreit sie laut, während sie ihre Zimmertür zuknallt. „Hoffentlich brauchen die einen Babysitter bevor Lucas zurückkommt".

Kapitel 45

Nach einer Stunde und fünfundfünfzig Minuten landet meine Maschine auf dem Münchner Flughafen. Mein Bruder Danny steht bereits am Ausgang, um mich abzuholen. Wir laden den Koffer in das Auto und fahren auf die Autobahn.

„Wie geht es Papa?", will ich besorgt wissen.

Danny zuckt mit den Schultern. „Er liegt immer noch im Koma. Die Ärzte wissen nicht, ob er noch einmal aufwacht. Sie können ihn nicht operieren, weil der Infarkt an einer ungünstigen Stelle ist."

„Und wie geht es Mama?", hake ich nach.

„Den Umständen entsprechend", antwortet er knapp. Als wir vor unserem Haus halten, springe ich aus dem Auto und laufe zur Haustür. Meine Mutter öffnet diese bereits und wir fallen uns in die Arme. Wir setzen uns ins Wohnzimmer, wo sie mir von Anfang an erzählt, wie sich alles zugetragen hat. Danny setzt sich zu uns. Nach zwei Stunden bangen und trauern geht meine Mutter in ihr Schlafzimmer, um sich hinzulegen.

Danny beobachtet mich kritisch. „Also Julie, erzähl mal, wie war es in London? Wir haben ja die ganze Zeit kaum etwas von dir gehört."

Gelangweilt zucke ich die Schultern. „Es war o.k.".

„Es war o.k.?", ruft Danny verwundert aus. „Da habe ich von Rose aber etwas anderes gehört. Sie sagt, du hast dich in Lucas Sheffield verliebt und er sich in dich". Er grinst mich an, aber mir ist nicht nach Grinsen zumute.

Da er bemerkt, dass etwas nicht stimmt, wird er ernst. „Oje, so schlimm? Komm erzähl mal". Fürsorglich nimmt er mich in den Arm und streicht mir über das Haar. Meine angestaute Trauer, Wut und Verzweiflung bricht mit einem Schlag aus mir heraus. Unaufhaltsam fließen meine Tränen über die Wangen bis an seine Schulter.

Nachdem ich mich etwas beruhigt habe, schaut Danny mich aufmunternd an.

„Willst du es mir erzählen?"

Ich setze mich aufrecht hin und überlege, wo ich anfangen soll. Schließlich erzähle ich einfach darauf los. „Erst war alles in Ordnung, er war so nett und wir haben uns verliebt. Dachte ich jedenfalls. Dann wurde er komisch, ungeduldiger und hat mich angeschnauzt, nur weil ich ihm sagte, dass ich ihn vermissen werde, wenn er weg ist. Und die Nachbarin, Claire, hat mir dann gestern erzählt, dass er nicht so ist, wie er sich mir gegenüber gegeben hat. Ständig hat er Affären mit anderen Mädchen. Er will sie nur ins Bett bekommen.

Dann lässt er sie fallen und bleibt doch mit seiner Isabel zusammen." Erneut kommen mir die Tränen.

Danny schaut mich nachdenklich an. „Und du bist dir sicher, dass diese Claire die Wahrheit sagt?"

Ich überlege kurz. „Ja, warum sollte sie lügen? Sie wollte es mir eigentlich nicht sagen, weil sie mich nicht verletzten wollte. Aber sie dachte, dass ich so noch mehr verletzt werde, wenn er sich nicht mehr meldet."

Danny hakt nach: „Hat sie irgendetwas gesagt, bei dem du dir sicher bist, dass es stimmt?"

„Ja, das mit dem Schmuck. Er hat mir ein Armband geschenkt, das hat er angeblich auch bei den anderen so gemacht. Und er hat gesagt, dass er mit seiner Freundin Schluss gemacht hat, ich habe ihn aber noch mit ihr gesehen, küssend."

Mitleidig schaut Danny mich an. „So sind die Stars eben", bemerkt er. „Die können alle Mädchen haben, die sie wollen und sie wissen irgendwann nicht mehr, wie man ein anständiges Mädchen behandelt." Ich falle ihm weinend in die Arme und lasse mich von ihm trösten.

Eine Woche später in Tunbridge Wells:

Claire steht am Fenster ihres Zimmers und schaut hinaus. Sie hatte immer noch keine Gelegenheit den Brief in Lucas Zimmer zu legen. Liz und David haben noch keinen Babysitter gebraucht. Irgendwann in den nächsten Tagen kommt Lucas zurück, bis dahin muss sie es geschafft haben, ins Haus und in sein Zimmer zu kommen. Angestrengt denkt sie nach. Plötzlich sieht sie, wie Liz mit Amy und Violet nach Hause kommt. Die Mädchen holen ihre Roller aus der Garage und fahren auf dem Gehweg auf und ab. Sie ergreift ihre Chance und geht hinaus auf die Straße.

„Hallo Amy, hallo Violet", ruft Claire den Mädchen zu.

„Hallo Claire", winken die Mädchen ihr.

Claire überquert die Straße und spricht die Mädchen an: „Habt ihr vielleicht Lust mit mir zum Spielplatz zu gehen?"

Mit einem strahlen im Gesicht antworten sie: „Ja, wir fragen nur schnell Mom". Eilig laufen sie ins Haus und kommen kurz darauf wieder mit ihrer Mutter heraus.

„Du willst mit den Mädchen an den Spielplatz gehen, Claire, stimmt das?"

„Ja Liz, mir ist gerade langweilig und ich dachte mir, vielleicht haben die beiden Lust, mit mir dorthin zu gehen." Liz erklärt sich einverstanden und wünscht ihnen noch viel Spaß.

Claire geht voraus und die Mädchen fahren mit dem Roller neben ihr her.

Unterwegs richtet Claire sich an Amy: „Amy, wann kommt eigentlich Lucas zurück?"

Fröhlich antwortet sie: „Morgen kommt er endlich wieder".

Fieberhaft denkt Claire nach. Verdammt! Morgen schon! Dann muss ich heute noch irgendwie ins Haus kommen.

Nach einer Stunde auf dem Spielplatz brechen sie auf, um den Heimweg anzutreten. Claire grübelt während des gesamten Rückweges, wie sie es anstellen soll, in Lucas Zimmer zu kommen, ohne dass Liz etwas bemerkt. Als sie vor dem Haus der Zwillinge ankommen, hat Claire immer noch keine Idee. Nach dem Klingeln, öffnet Liz die Tür. Die Zwillinge laufen ins Haus und drehen sich noch einmal zu Claire um. „Claire, willst du kurz in unser Zimmer kommen und unsere neuen Schminkkoffer sehen?", ruft Violet vergnügt.

Erleichtert antwortet Claire schnell: „Klar, wenn eure Mutter einverstanden ist?"

Dabei schaut sie fragend zu Liz. „Ja klar, aber nicht zu lange, es gibt gleich Abendessen", stimmt diese zu.

Claire schiebt sich an Liz vorbei, in der Hoffnung auf eine gute Gelegenheit. Sie geht mit den Mädchen die Treppe hinauf in deren Zimmer und schaut sich interessiert die Schminkkoffer an, die Lucas ihnen geschenkt hat.

Einige Minuten später verabschiedet sie sich von den Zwillingen. „Bleibt ruhig hier, ich kann alleine runter gehen, bis bald". Sie schließt die Tür des Kinderzimmers und hört sich kurz im Flur um, ob irgendjemand hier oben ist. Dann nutzt sie die Gelegenheit, geht blitzschnell in Lucas Zimmer und legt den Brief auf seinen Tisch.

Ungestört erscheint sie einen Moment später im Wohnzimmer, wo sie sich von Liz und David, der mittlerweile auch zu Hause ist, verabschiedet.

Kapitel 46

Lucas kommt nach Hause, wo sich alle über seine Ankunft freuen. Sehnsüchtig sucht er Julie und muss von seinen Eltern erfahren, dass sie vorzeitig abreisen musste, weil ihr Vater im Krankenhaus ist. Er ist entsetzt und will sie gleich anrufen. Mit Telefon in der Hand läuft in sein Zimmer hinauf, um den Koffer abzustellen. Da entdeckt er den Brief. Er vermutet sofort, dass der Brief von Julie ist. Auf dem Bett sitzend öffnet er ihn und liest:

Lieber Lucas,

ich muss morgen nach Hause fliegen, da mein Vater mit einem Herzinfarkt ins Krankenhaus kam und ich meine Mutter nicht alleine lassen will.

Ich schreibe dir diesen Brief, weil ich zu feige bin, es dir selbst zu sagen. Ich glaube, dass unsere Affäre ein Fehler war. Ich habe erkannt, dass ich dich doch nicht liebe. Im Gegenteil. Ich habe in Deutschland einen Freund, der auf mich wartet. Und ich weiß jetzt, dass ich ihn liebe, denn ich vermisse ihn sehr. Ich habe für dich geschwärmt, als Fan, und fand es spannend, deine Freundin zu werden. Die Zeit mit dir war schön, mehr aber auch nicht. Wir Fans bewundern euch und denken, ihr müsstet etwas ganz besonderes sein. Leider habe ich gemerkt, dass auch du nicht anders bist als andere Jungs. Ich hoffe, ich verletze dich nicht zu sehr. Du wirst sicher ein anderes nettes Mädchen finden. Vielleicht ja Claire?

Bitte ruf mich <u>auf keinen Fall an</u>, denn ich möchte mir in Deutschland mit meinem Freund ein neues Leben aufbauen.

Es tut mir wirklich leid, entschuldige!
Julie

Langsam lässt Lucas den Brief sinken. Er ist fassungslos, das kann einfach nicht sein! Soll er sich so in Julie getäuscht haben? Niemals! War alles nur eine Lüge? Die ersten scheuen Küsse, der Spaß, den sie hatten, die Nacht im Hotel? Er will es einfach nicht glauben. Er liest den Brief erneut durch und seine spontane Reaktion ist, dass nicht Julie diesen Brief geschrieben hat. Julie hätte ihm doch nie Claire als neue Freundin vorgeschlagen, oder doch? Er überlegt ernsthaft, ob er Julie anrufen soll, lässt es dann aber, denn er hasst Stalker und will sich deshalb nicht selbst wie einer benehmen.

Er fällt auf sein Bett zurück und lässt den Tränen freien Lauf. Er liebt sie so sehr! Sie dagegen hat ihn nur benutzt! Sein Herz schmerzt unbeschreiblich, so wie er es noch niemals empfunden hat.

An diesem Tag verlässt Lucas sein Zimmer nicht mehr. Auf Nachfragen von Liz, sagt er nur, er wolle seine Ruhe haben, was Liz auch akzeptiert.

Am nächsten Morgen steht Lucas auf und sieht den Brief neben sich im Bett liegen. Schade, es war doch kein Traum! Traurig nimmt er den Brief in die Hand und liest ihn nochmals durch. Der Schmerz und die Trauer werden dadurch aber nicht geringer.

Er steht auf, zieht sich an und geht in die Küche hinunter. Er setzt sich an den Tisch und trinkt einen Tee. Er schweigt, selbst als Liz sich neben ihn setzt.

„Was ist los Lucas, ist es wegen Julie?" Er nickt nur, erzählt aber nichts von dem Brief. Wenigstens Liz und David sollen Julie als nettes Mädchen in Erinnerung behalten. Er schaut zum Fenster auf die Straße hinaus und sieht Claire auf der anderen Straßenseite. Im nächsten Moment stürmt er zur Tür hinaus.

„Claire", ruft er. Claire sieht Lucas auf sich zulaufen und bekommt Herzrasen sowie feuchte Hände.

„Hallo Lucas", sagt sie lächelnd.

„Hast du einen Moment Zeit, ich würde gerne mit dir reden?", fragt Lucas freundlich.

„Ja klar, wollen wir in euren Garten gehen?",
schlägt sie aufgeregt vor. Die beiden gehen in den
Garten und setzen sich auf die Bank.

„Hat Julie noch irgendetwas zu dir gesagt, bevor
sie gefahren ist?", fragt Lucas ungeduldig.

Claire überlegt lange, bevor sie mit einem
Gesichtsausdruck, der ein schlechtes Gewissen
darstellen soll, erklärt: „Na ja, eigentlich ja, aber eher
nein … ich darf dir nichts sagen, Lucas. Ich habe ihr
versprochen, dir nichts zu sagen", fängt sie stotternd
an.

„Bitte Claire, ich muss es wissen! Es ist wichtig!",
bettelt Lucas.

Claire genießt die Aufmerksamkeit, die Lucas ihr
plötzlich entgegenbringt. „Sie wollte dir einen Brief
schreiben, in dem sie dir alles erklärt, hat sie gesagt".

„Ja, den habe ich bekommen, aber ich verstehe ihn
nicht ganz", gibt Lucas zu.

„Was willst du denn noch wissen?", bietet Claire
an.

„Was hat sie dir erzählt?", platzt Lucas heraus.

Claire druckst ein wenig herum, um es spannender
zu machen, dann legt sie los: „Also, sie hat mir
erzählt, dass sie wegen ihrem Dad nach Hause muss.
Ich habe sie gefragt, ob und wann sie wiederkommt
und sie hat gesagt, dass sie gar nicht mehr kommen
wird. Ich habe sie gefragt, was dann aus euch wird.
Sie hat geantwortet, dass es ihr egal wäre, sie hätte zu

Hause einen Freund, den sie liebt und dass das mit dir nichts Ernstes war. Sie wollte nur einmal mit einem Star, eh, sorry, aber sie sagte es wirklich wortwörtlich: Mit einem Star ins Bett steigen. Sie hat ein teures Schmuckstück von dir bekommen und durfte sogar bei einem Videodreh mitmachen. Das habe ihre Erwartungen übertroffen, mehr brauche sie nicht." Claire schaut Lucas betreten an, als täte es ihr leid, ihm solche Sachen sagen zu müssen.

Lucas schaut traurig zu Boden. Also stimmt es doch, was im Brief steht! „Wie konnte ich mich nur so in ihr täuschen?", spricht er seine Gedanken laut aus.

Claire antwortet ungefragt: „Liebe macht eben blind". Er schaut Claire an und hat plötzlich keine Lust mehr mit ihr zu reden.

Schnell steht er auf. „Danke Claire, dass du mir alles erzählt hast. Bye". Mit diesen Worten verschwindet er im Haus und lässt Claire alleine im Garten zurück.

Diesen Rückschlag wegsteckend, steht Claire auf und überquert die Straße. Wütend wirft sie einen bösen Blick zurück auf Lucas Haus.

Ich bekomme dich schon noch!

Lucas jedoch geht wieder in sein Zimmer und trauert alleine um seine verlorene große Liebe.

Kapitel 47

Ich weiß, dass diese Woche Lucas und die anderen von der Tournee zurückgekommen sind. Jeden Tag hoffe ich, dass er anruft und mit mir über die Vorwürfe spricht. Aber er ruft nicht an, was mich jeden Tag deprimierter werden lässt. Rose kommt mich oft besuchen. Auch sie glaubt nicht, was Claire mir erzählt hat, allerdings bin ich mittlerweile so von dieser Version überzeugt, dass sie mir nicht mehr widerspricht.

„Was ist mit dir und Miguel", frage ich, um das Thema zu wechseln.

Rose antwortet unsicher: „Keine Ahnung, er hat sich auch noch nicht gemeldet. Wenn ich bei ihm anrufe, geht er nicht dran." Rose versucht mich aufzumuntern: „Julie, wir machen mal wieder etwas Schönes zusammen. Wir gehen ins Schwimmbad, besuchen den Wellnessbereich, genießen die Sauna, den Whirlpool und lassen uns mit einer Massage verwöhnen. Was hältst du davon?"

Ich zucke gelangweilt die Schultern.

Rose fügt jedoch gleich noch hinzu: „Aber erst nächste Woche, diese Woche habe ich meine Periode bekommen, das ist mir unangenehm." Plötzlich verspüre ich einen Stich im Magen. Schlagartig wird mir bewusst, dass ich meine Periode schon längst haben sollte. Ich springe auf und laufe zu meinem Kalender, in welchem ich regelmäßig notiere, wann ich meine Periode bekomme. Ich rechne nach und stelle fest, dass ich bereits eine Woche überfällig bin.

Verzweifelt lasse ich den Kalender sinken. „Rose, ich glaube ich bin schwanger!", sage ich leise vor mich hin.

Mit großen Augen fragt Rose streng: „Habt ihr denn nicht verhütet?"

„Doch … nur einmal nicht!"

„Einmal nicht? Das ist einmal zuviel! Bist du verrückt?"

„Es ist halt passiert". Ich erinnere mich an die Situation unter der Dusche, als es passiert ist und mir kommen die Tränen. Der Verrat schmerzt noch genauso, wie am ersten Tag und ich liebe ihn noch immer.

Nachdem Rose gegangen ist, liege ich auf meinem Bett und höre mir das Lied *Cry* von Rihanna an. Sie singt:

Dieses Mal war es anders;
fühlte mich, als wär ich nur ein Opfer.
Und es verletzte mich wie ein Messer,
als du aus meinem Leben gegangen bist.

Nun bin ich in diesem Zustand,
und ich hab all die Symptome
von einem Mädchen mit einem gebrochenem
Herzen.
Aber was auch immer passiert, du wirst mich nie
weinen sehen.

Bei mir brechen alle Dämme und ich weine hemmungslos in mein Kissen. Ich liebe ihn, aber er hat mich nur benutzt und jetzt bin ich auch noch schwanger. Das ist alles nicht fair!

E N D E

Fortsetzung: Sehnsucht, die du sehnlichst suchst

DANKSAGUNG

Die Danksagungen anderer Autoren sind meist seitenlang. Meine dagegen ist sehr überschaubar.

Ich danke in erster Linie meiner Tochter Julie, die mich auf die Idee brachte, ein Buch über eine Boyband zu schreiben. Meinem Sohn Danny möchte ich für seine kreativen Einfälle danken, welche stundenlanges Grübeln meinerseits beendet haben. Und zu guter Letzt danke ich meiner Lektorin und guten Freundin Andrea Schmid, die die leidige Arbeit übernommen hat, das Buch auf grobe Gedankenfehler zu überprüfen und mir viele wertvolle Tipps bezüglich des Schreibstils gegeben hat.

Suchwörter: One Direction, 5 Seconds of Summer, The Vamps, Janoskians, The Wanted, 5 SOS, Union J., Big Time Rush